JN124729

身代わり男装騎士ですが、
副騎士団長様に甘く暴かれました

第一章　男装の騎士候補生

「ユベルティナ・ルドワイヤン。僕は、お前との婚約を、今このときをもって解消する！」

婚約者の突然の宣言であった。

言われた本人であるユベルティナは驚いて、あたりをキョロキョロと見回して確認する。

(突然なに!?　今って卒業パーティーの真っ最中だよね!?)

ここは学園の大広間で、今は卒業式後の夜会が行われている最中である。

周囲の参加者たちは当然のようにきらびやかなドレスや正装に身を包んでいる。

その正装姿の参加者たちが、今や全員デュランの突然の宣言に注目していた。

参加者たちの視線を集めて、得意げな顔でふんと鼻から息を吐き出すデュラン。

デュラン・アンデールは金髪碧眼(へきがん)、眉目秀麗(びもくしゅうれい)な侯爵家子息だ。一堂の視線を集めてはいるものの、この夜会の主催でもなんでもない。ただの参加者で、一卒業生に過ぎないのだ。

「ふん、なにを間の抜けた顔をしているのだ。自分の罪がわかっているのか！」

「デュラン様！　質問よろしいでしょうか！」

ユベルティナは腕をぴんと伸ばして指差されるのを待った。

「なんだ、ユベルティナ！」

「罪ってなんですか？　私、どうしてあなたとの婚約を解消されなければならないのでしょうか。理由を教えてくださいっ！」

在学中は特に仲が悪かったわけではなかった。特別に仲がよかったわけでもないが。

とにかく、いきなり婚約の解消を宣言されるほど険悪な仲では決してなかったはずなのだ。

「それはな、お前が僕に恋をしていないからだ……！」

それがまるで大罪であるかのように、デュランは大げさに目を剥いてみせた。

「婚約解消で済んでよかったと思え。僕は寛大だからな。そしてこの罪を深く反省するがいい！」

「……はい？」

ユベルティナだけではない。会場のあちこちから「え？」「は？」「なに言ってるのあの人？」という声が上がる。

（まさか、本気じゃないわよね……？）

戸惑うユベルティナに、デュランは鼻の穴を膨らませてきっぱりと言い切った。

「汚らわしき偽の婚約者よ、お前の顔などもう見たくもない。今すぐこの場から立ち去るがいい！」

甘ったれた青い垂れ目をこれでもかというくらいカッぴらいての、これである。

（う〜ん。これは……？）

ユベルティナの戸惑いはいっそう高まった。

確かにユベルティナはデュランに対して恋愛感情は持っていなかったが、それでここまで言われる筋合いなどない。

デュランは侯爵家の令息であり、ユベルティナは伯爵家の令嬢だ。この婚約は、ただ身分的に釣り合うようにと親同士が決めた縁談なのだ。

貴族同士の政略結婚なんてそんなものだろう。……そうユベルティナは思うのだが。

「あの、デュラン様？　落ち着いてください。わたしたちの結婚に恋愛感情は不要で――」

なんとか説得しようと口を開いたユベルティナだったが、デュランはまるで聞く耳を持たなかった。

「黙れッ！　愛のない夫婦などありえない！　現に僕とロリエッタは愛し合っているッ！」

ロリエッタ――、彼女ならデュランの斜め後ろにいるが、騒動など自分には関係ないとでもいうように、先ほどからマカロンをもぐもぐと無言で食べ続けている。

背が低く可愛らしい、男爵令嬢ロリエッタ・エディン。確かに在学中、ずいぶんとデュランと懇意にしていた。

デュランは金髪、ロリエッタも金髪。だけどユベルティナは色素の薄い亜麻色の髪。

金髪同士で仲間意識が強いのかな、なんて在学中ユベルティナは呑気に構えていたのだが。まさか、あれは浮気だったのか。

「僕とロリエッタは真実の愛によって結ばれている。偽物のお前が出てくる幕はもうないのだ！」

（えぇっと。つまりはそういうこと……）

デュランはロリエッタと恋仲になって、ユベルティナが邪魔になった、と。

それで、お前はもう用済みだから去れ、と。

（こ、これが貴族令息の所行だというの……？）

高貴な者の責務、誇り（ほこ）ある伝統と歴史。それらを重んじて生きていくのが貴族の義務なのだと思っていたけれど。

どうやら、デュランはそうは思っていなかったようだ。なんというわがまま男なんだろうか。

――が。

（これって、わたしにとっては渡りに船よね……！）

内心、彼の暴挙に光を見いだしたユベルティナである。

デュランは甘ったれたところがあって、思い通りにならないとすぐに怒り出すのだ。

そんな彼と結婚したところでいいことなどひとつもない……ユベルティナは常々そう思っていた。

むしろ苦労する未来しか見えない、と。

それが、この婚約の解消で自由になれるのだとしたら……

「わかりました、婚約の解消をお受けいたします！」

ユベルティナは相手の反論を封じる素早さで、さっとドレスの裾（すそ）をつまみ上げた。

「今までお世話になりました、デュラン様。それではごきげんよう」

言うなり踵（きびす）を返す。

――自由になれた嬉しさで頬がニヤけるのを、抑えられない。

こうなったら、もうこんな場所に用はない。屋敷に戻って、早速いろいろな手続きをしなければ。

この夜会に参加できるのが卒業生だけでよかった、とユベルティナは足早に歩きながら胸を撫でおろした。もしここに親族や先生がいたら、きっと誰かがデュランの愚行を止めてしまっただろうから。

デュランの気が変わる前に、きちっと法的に片付けてしまおう。

（さあ、これから忙しくなるぞー！）

鼻息を荒くし目を輝かせたユベルティナは、ひとり会場を後にしたのだった。

卒業パーティーでの突然の婚約破棄騒動があってから、数日経ったある日の午後。

ユベルティナは使用人たちに助けてもらいながら、無事に婚約破棄の書類を作成し終えた。

その書類をトントンとそろえて封筒に入れる。あとは封蝋（ふうろう）をして役所に提出すれば完了だ。

「ふぅ」

ユベルティナは息をついた。

婚約破棄を突きつけられたのが卒業パーティーでよかった、と心底思う。

まったく。たくさんの人が見ている前であんな宣言をするとは、デュランもなにを考えているのか。証拠がいくらでもある状態になってくれたではないか。

これで今後、デュランが言い逃れしようとしても徒労に終わるだけだ。

つまり、この書類はなんの問題もなく受理されるはずなのである。

ユベルティナは、元婚約者の美形だが神経質そうな顔を頭に思い浮かべた。侯爵令息デュラン・

アンデール。ユベルティナにとっては、すぐに怒り出すとっつきにくい人であった。が、縁が切れて完全な他人となった彼がロリエッタと真実の愛によって結ばれるというのであれば、心から祝福しようと思う。

どうか、末永くお幸せに。

(これでわたしは新しい人生を歩み出せる!)

そう思うと心の奥から嬉しさがこみ上げてきて、踊りたくなってしまう。

書類をそろえる音を、思わず、トントントトトン、とリズミカルにするほどに。

するとそこに、リズムに重なるようにコンコンコンとノック音が響いた。

「失礼いたします」

入ってきたのは、ユベルティナ付きの若いメイドのサーシャだった。彼女は銀のトレイに一通の封筒を乗せていた。

「お嬢様、お坊ちゃまからのお手紙でございます」

「ティオから!?」

ユベルティナは目を輝かせた。ユベルティナの双子の弟、ユビナティオ。通称ティオ。春から王立賛翼騎士団への入団が決まっている彼は、現在ルドワイヤン領の実家にいる。

あと少ししたら、実家からこのタウンハウスに移って昔みたいに一緒に暮らすことになるのだ!

その報せをこうしてよこしてくれたのだろう。

婚約解消の書類もできたし、弟からの手紙も来たし。今日はなんていい日なんだろう!

「どうもありがとう、サーシャ」

礼を言って、ユベルティナはいそいそと封筒を受け取った。

そこにはユビナティオの綺麗な字で、『ユベルティナ・ルドワイヤン様』と宛名が書かれている。

目を輝かすユベルティナを見て、サーシャがくすりと笑った。それからテーブルの上に気づき、頬に手をやった。

「あら、お嬢様。もう紅茶が冷めていますわね。お代わりをお持ちいたしますわ」

サーシャが冷え切ったティーポットを持って出ていくのをなんとなく見送ってから、ユベルティナは逸る胸を押さえつつペーパーナイフを使って丁寧に手紙を開封する。

『親愛なる姉上へ。姉上、お元気ですか？　僕は不調です。姉上のほうはどうでしょうか。ちゃんとご飯を食べていますか？　睡眠時間は確保できていますか？』

ユビナティオが不調？　不穏である。弟はもともと身体が弱い。心配だ。

「わたしはきちんと食べてるし、寝ているけど……」

そう、ユベルティナはとても健康なのだ。食事もお腹いっぱい美味しく食べられるし、ベッドに入ればすぐにぐっすり眠れる。

……口さがない人は、母のお腹の中で姉が弟の生命力を奪ったのだ、などというが。

「ティオ。あなたは相変わらず不調なのね……」

心配になって呟くと、手紙の向こうでティオが微笑んだような気がした。

『僕のことですが、心配はいりません。今日は朝から熱がありましたが、今はだいぶ下がりました。

でも、まだ油断はできません。お医者様も安静にしていろというので……王都には向かえなくなってしまいました』

「え？」

『つきましては、王立賛翼騎士団への入団も見合わせることになりました。本当に巡り合わせの悪いことです。父上は、決して無理はせぬように、とおっしゃっています。母上は毎日神様に僕のことを祈ってくださいます。申し訳なさでいっぱいです』

「ティオ……そう……。残念だけど、気にしないで。お父様とお母様の言う通りよ。ゆっくり休んでちょうだい」

『では、そろそろ薬の時間なので筆をおかせていただきます。姉上、どうか姉上はお身体にお気をつけくださいませ。——愛をこめて、弟より』

「わたしからも愛をこめて、姉より」

そうしてユベルティナは手紙を閉じた。

ティオの具合がよくない。騎士団も諦めた……

あんなに行きたがって、伝手(つて)を使いまくって、ようやく文官として採用にこぎつけたというのに。

それだってまずは騎士候補生からはじめることになっていたのに。

そうだ、お見舞いに行こう。学園も卒業したし、婚約破棄されて暇だし。

『追伸』

手紙には、ユベルティナの思考を読んだかのような追伸があった。

『婚約破棄のこと、聞きました。父も母も、使用人たちも、もちろん僕も、みんながみんな、姉上の味方です。いつでも帰ってきてくださいね。と言いたいところだけど、帰ってきちゃダメです』

「どうしてよ」

『お医者様が言うには、僕の病が姉上にうつる危険性があるそうです。流行性の病でして……。僕のためにも、そして姉上自身のためにも、お願いします。姉上は王都にいてください。僕は大丈夫ですので、姉上はご自分のお身体を大切になさってください。心から、愛しています。――あなたの弟、ティオより』

「ティオが大丈夫なわけないでしょ。王都に出てこられないっていうのに……」

手紙を封筒に仕舞いながら、ユベルティナはため息をついた。

「ティオ……、ああ……、可哀想なティオ……」

椅子にぐったりと、深く腰かける。ふと窓を見ると、窓ガラスに映った不安そうな自分の顔がユベルティナを見ていた。

波打つ淡い亜麻色の髪に、明るい紫水晶（むらさきずいしょう）の瞳。男の子みたいな可愛い顔ね、という褒めているんだかなんなんだかな言葉をよくもらう、凛としたところのある顔。

その評については、ユベルティナはちょっと誇（ほこ）らしかったりもした。なぜなら、自分は弟ユビナティオとそっくりだからだ。

ユベルティナとユビナティオは小さいころから瓜ふたつだった。

ユビナティオは美少女顔の、紛（まご）うことなき美少年である。そのユビナティオに似ているユベルティナは、つまりは美少年顔をした美少女——という、ちょっとしたややこしさが、弟との絆であるような気がして嬉しいのだ。

十八歳という年齢になったとはいえ、それはまったく変わっていない。

「はぁ……」

だが、今は自分の顔を見ていると、なんだか無性に寂しくなってくる。どうしてもユビナティオを思い出してしまう。

「せっかく、これから楽しいことが待ってるはずだったのに。……ねぇ、ティオ」

ユビナティオは小さいころから騎士に憧れていた。剣となり楯となり、人々と国を守る王立騎士団の騎士たち。ティオは身体が弱いから、余計にそういうものに憧れていたのかもしれない。

小さいころのティオは、頻繁に熱が出て、何日も何日も寝込んでいたものである。それでも、僕は騎士になるんだ、と公言してはばからなかった。家族も、使用人たちも、姉であるユベルティナも……、みんながみんな、そんなのできっこないと言って止めようとしていたというのにだ。

だが。本人は真っ直ぐに努力していた。

毎日毎日、きちんと鍛錬(たんれん)を積んで体力を増やしていた。短距離ではあるが走り込みを欠かさなかったし、熱で鍛錬(たんれん)ができない日でも、フラフラと家の周りを歩いていた。……熱があるときはちゃんと寝ていなさい！　とユベルティナはフラフラの弟をベッドまで引っ張っていったものだが。

それでもたゆまぬ鍛錬(たんれん)のおかげで、ユビナティオはどんどんたくましくなっていった。

最近などは、ユベルティナから見ても、ティオは人並みの体力をつけている、と断言できた。

そこまでの努力を重ね、ようやくチャンスが巡ってきたのだ。使いものにならなければすぐにクビ、という厳しい採用条件だったけれども。だがそれも仕方ないのかもしれない。体力勝負の騎士団なのだ、たとえ文官とはいえ虚弱な者など欲しくはないだろう。

騎士候補生として採用してくれたのも、伯爵家の顔を立てるためでもあったのだろうし。あとは、双子にはぼんやりとしか報されていないが、父はかなりの寄付金を騎士団に納めたらしい。そのあたりも大きな要因となったことだろう。

とにかく。騎士団採用の報せの手紙を受け取ったユビナティオは、とても嬉しそうだった。

『僕、とうとう騎士団に入れることになりました！　まずは騎士候補生としての採用だそうです。頑張ってすぐに正規騎士になるから、姉上も応援してくださいね！』

それがどうして、こんなことに……

病だからといって、入団を延期なんてしてくれるとは思えなかった。伝手で無理やり、文官採用の扉をこじ開けたのだから。……その扉は、目の前で閉まってしまうのだ。

ティオの努力、父の寄付金。そんなものはお構いなしに門前払いを食らってしまうのである。

可哀想なティオ。せっかく憧れの騎士になれるところだったのに、こんなところで生来の虚弱体質が祟るとは。

……もしかして。

そんなことない！　とユベルティナは思うが、もしかしたら本当に、母親のお腹の中で弟の生命力を奪ってしまったのかもしれない……

奪ったのなら、生命力を弟に返してあげたかった。

それができないのなら——

(わたしがティオの代わりに、騎士団に入団できたらいいのに)

窓ガラスの中の自分を見ながら、ユベルティナはそんなことを考える。

弟から奪った生命力でユベルティナが騎士団に入るのなら、弟が入団したということになるのではないか?

もっとも、王立賛翼騎士団は女子禁制、男だけの騎士団である。

女性が騎士になりたいのなら、女性だけの騎士団がある——が、それでは意味がない。別にユベルティナが騎士になりたいわけではないのだ。だが、この国では女性だって騎士になれる。

女性だって、騎士に——

「……」

ユベルティナはその考えに引っかかりを覚えた。

(ちょっと待って)

ユベルティナは窓ガラスに映る自分に改めて見入った。

長い亜麻色の髪を、首の後ろでひとまとめにして、短髪にした自分の姿を想像してみる。

二十歳手前という、女性らしさが出てくる年齢であるはずのユベルティナだが、やはり弟にそっくりの美少年顔である。

そこで、ユベルティナはひとつの結論に達した。

「――やっぱり、いけるわ！」

早速、ユベルティナはたくらみをしたためた手紙を実家に出した。

要約するとこんな内容の手紙だ。

『わたし、男装してユビナティオの代わりに騎士団に入ろうと思います』

それから数日後、父であるデイヴィス・ルドワイヤン伯爵から返事が届いた。

『なにを考えているんだ！』

要約するとそんな感じの内容だったが、まぁ予想通りといえば予想通りの反応である。

それだけではない。それからすぐに、なんと父本人が王都の屋敷にやってきたのだ。


「なにを考えている、ティナ！」

ソファーに座った父のドスの効いた低い声が、タウンハウスの応接室に響き渡った。

「まさか本気ではあるまいな？」

「わたしは本気です、お父様」

睨みをきかせる父に、ユベルティナはさらりと――ことさら丁寧に微笑んで返した。

「わたしとティオはそっくりです。髪を切って男の格好をすれば、誰もがわたしをティオと思うことでしょう」

「常識がなさすぎる。女が男になりきって、しかも騎士団だなど……」

「騎士団といってもユビナティオが就くのは文官です。それなら女性のわたしにでも対応できると思います」

「そういう問題ではない。お前は伯爵家の令嬢なのだぞ！　それを男だけの騎士団になど、しかも男装してティオの振りをするだと!?　なぜそのようなことを……」

「ティオの夢を守るためです」

父の目を真っ直ぐに見つめて言い切ると、父は一瞬言葉を失った後、重々しく頷いた。

「……そうか」

父もよく知っているのだ。ユビナティオが騎士になるためにずっと努力していたことを。

そして、その夢が潰(つい)えたことを。

息子の夢のため、かなりの額の寄付金を父が積んだらしいことは、なんとなく知っている。ユビナティオが騎士団に入れると聞いて、一番喜んだのは父だった。

「ティオは騎士になるために努力を続けてまいりました。わたしはティオの夢を守りたいのです。それが、ティオの生命力を、もしかしたら……お母様のお腹の中で奪ってしまったかもしれない、わたしのすべきことなのです」

「………」

その言葉をどう受け止めたのか。父は難しい顔のまま黙り込んでしまう。

そこに、ユベルティナはたたみかけた。

「もちろん、ティオが元気になったらすぐに入れ替わるつもりです。わたしがずっと騎士として勤めるわけではありません」

「しかし、お前が女だとバレれば大事になるのだぞ？」

「大丈夫です。わたしとティオがそっくりなのは誰もが認めるところです。それはお父様だってよくご存じでしょう？」

自信満々で答えるユベルティナを見て、父は困ったような顔をした。

姉弟が小さかったころのことを思い出しているのだろう。そのころはよく、服装を取り替えては家族や使用人たちの目を欺いて遊んでいたから。

本当に、面白いくらい誰も双子のどっちがどっちかを見分けられなかったのだ。

小さいころだけではない。亜麻色の髪を長く伸ばした今だって、違うのは髪の長さだけ。ユベルティナとユビナティオは、鏡映しのようにそっくりなのである。

「……はぁ」

父は大きくため息をつくと、頷いた。

「決意は固い、か。いいだろう。やってみなさい」

——え？

ユベルティナは思わず耳を疑った。

聞き間違いじゃないわよね、今の!?

「お父様……！」

「ただし、条件がある」

まあ、条件くらいあるだろう。無理なことを押し通そうとしている自覚は、もちろんユベルティナにだってあるのだ。

父は、指を二本立てた。

「二カ月だ。二カ月以内にティオと入れ替わることが叶わなかったならば、そのときをもってお前は騎士団を辞めること」

それは、長年頑張ってきた弟の夢が叶わずに終わる、ということだった。

ユベルティナは父の顔を見つめながら、慎重に口を開く。

「二カ月……というのは、なにか根拠のある日数なのですか？」

「医師によれば、二カ月間の様子次第で、今後のことが判断できるそうだ。つまり……、病が再発するか、しないかが……」

父の言葉はどうにも歯切れが悪かった。思った以上にティオの容体は悪いのかもしれない。

「……わかりました。二カ月で入れ替わることができなければ、そのときは潔く騎士団を辞めます」

頷いて、ユベルティナは弟の夢の終わりを了承する言葉を口にした。

いや、もしかしたら。これはティオの命の灯火にすら関係するかもしれない言葉だ。二カ月後、ティオの容体はいったいどうなっているのだろうか。

「よし。では早速準備にとりかかるか」

そういう父の目には、すでにいたずらっ子のような光が宿っていた。変わり身の早さに少し唖然としていると、父は軽くウインクする。

「やるときは、後悔なきよう徹底的に。これがルドワイヤン家の家訓だからな。いいかティナよ、やるなら徹底的にやるぞ。お前はティオの夢を守る騎士となるのだ！」

やるときは、後悔なきよう徹底的に。そのルドワイヤン家の血は、もちろんユベルティナにも流れている。

ユベルティナはパッと顔を輝かせると、はっきり頷いた。

「はい、お父様！」

「――バレなければ、なんということはないのだ」

つまりはそういうことである。ようは二カ月間、ユベルティナが女だとバレなければいいのだ。その間にユビナティオが快癒し、入れ替わることができれば。……それで万事がつつがなく終わる。これは、そういう任務なのだ。

「安心しなさい、ティナ。お前のことはこの私が総力を挙げて男として仕立て上げようぞ！」

「お父様、ありがとうございます！　わたし、精一杯頑張らせていただきますねっ！」

「まずはそのしゃべり方から直さなくてはな。自己認識を男にするのだ。驚いたときにとっさに出る声が『きゃっ』ではなく『うおっ』になるまで特訓するぞ！」

「はい！　うおー！」

思わず拳を突き上げて叫んでしまったユベルティナに、父は満足げにニヤリと笑う。

「なかなかいい所作だ。令嬢の身であればはしたないと眉のひとつもひそめるが、今は威勢のよさが頼もしい。それから自分のことはわたし、ではなく僕と言うのだ。身も心もティオになりきれ！

おお、なんだか楽しくなってきたな……はははははは！」

快活に笑う父につられて、ユベルティナも笑い出す。だが、うふふっと令嬢らしいおしとやかな笑い方をしてしまい、慌てて口を大きく開けて豪快に笑い直した。

「ははははははっ」

「そうだ、いいぞティナ。やるからには、後悔なきよう徹底的に。我がルドワイヤン家の家訓、忘るるべからず！」

「はいっ、お父様——父上！」

「よし、その調子だ。はははははははっ」

「はははははははっ」

腹の底から太い声で笑い合う令嬢と父は、傍から見たらとても奇妙であっただろう。

だがユベルティナは、なんだかとてもワクワクしていた。

まるで、小さいころにティオと一緒にしていた遊び——入れ替わって、どっちがどっちかゲームをしているときのような、そんな気分になっていたのだ。

ティオの夢を守るためにティオの振りをして騎士団に入団する。女だとバレたら一巻の終わり。それは、なんだかとってもドキドキするし、勇気がりんりんするような、やりがいのあることに思えた。

——それから入団するまで一週間ほどの間に、ユベルティナは髪を切って、男らしい所作を覚えた。父がつきっきりで教えてくれたのである。

そして、ついにその日――

王立賛翼騎士団本部前で辻馬車を降りたユベルティナは、ふぅっと息をつきながら門を見上げた。

(いよいよだわ！)

ユベルティナを威圧するかのようにそびえ立つ、王立賛翼騎士団本部の門。

見上げるほど高い両開きの扉には、この騎士団の紋章が刻まれていた。交差した剣と翼。それがこの騎士団の紋様だ。

髪をすっかり切り、サラシを何重にも巻いて胸を潰し、その上に王立賛翼騎士団の濃紺の制服を着込んで門を見上げているユベルティナ。

今の彼女を伯爵令嬢だと思う者はいないだろう。男にしてはやけに可憐な顔をしているけれど、それは双子の弟ユビナティオがそうなのだから仕方ない。

ユベルティナはもはや、どこから見ても立派な凛とした少年……というか、弟ユビナティオそのものだった。

着付けた使用人たちもどよめいていたものである。坊ちゃん……!? と。

そりゃ驚くよね、とユベルティナは得意げになった。

これなら、よっぽどのヘマでもしないかぎり女だと――姉のユベルティナだとバレることはないはずだ。

髪が短くなったことで首筋がスースーするのは落ち着かないが、これもそのうち慣れるだろう。

とにかく二カ月間、女だとバレなければいいのだ。そうして快癒したユビナティオと入れ替わり、ユベルティナはそっとこの騎士団を去る。それが、ユベルティナのすべきことである。

もし二カ月が過ぎてもユビナティオの病気が治らなかったら……。そのときもやはり、ユベルティナは騎士団を去らなければならない。父との約束だ。

それはそれで騎士団に迷惑がかかるから、やはりユビナティオには頑張って回復してもらわなくてはいけない。

だから、これはユベルティナとユビナティオ、双子姉弟の共闘作戦なのだ。

でも、もし自分が女だとバレてしまったら……。もしユビナティオが治らなかったら……もし、もし、もし……。『もし』という言葉ばかりが頭の中に渦巻く。

――ダメだわ、こんなんじゃ。

なるように、なる！

ユベルティナは小さく拳を握りしめ、ぐっと気合いを入れ直した。

とにかく行動を起こさないとね。

やるときは、後悔なきよう徹底的に！　後は野となれ山となれ！

腹に力を込めたユベルティナは、正門前にいた門番に用件を伝えた。

門番はユベルティナをじっと見つめた後に、「まずは団長室へ行くように」と教えてくれた。

男にしてはやけに可愛い顔をしているユベルティナに戸惑ったのがありありとわかる態度で、ちょっとドキッとしてしまう。

女だとバレてはいないだろうが……、それにしても、やっぱり緊張する。

「団長室はどこにあるのですか？」

ユベルティナは父との特訓で身につけた男の声の出し方——腹に力を入れた低い声で聞く。

「ああ、それは——」

門番が答えかけたそのときだった。

突然、横からなにかに飛びつかれたのだ。

「うおっ⁉」

それでもちゃんと、『うおっ』っと言えたところに特訓の成果が見える。

ユベルティナはバランスを崩し、その勢いのまま地面に倒れ込んでしまった。

「はっはっはっはっはっはっはっはっはっはっ」

早い息が聞こえて、ぺろぺろぺろぺろぺろぺろぺろ、と生温かいものがせわしく顔を舐め回す。

「……！」

それは、小さな白い犬だった。真っ赤な首輪をしているから飼い犬なのだろうけれども。

その犬が、ピンクの小さな舌でユベルティナの顔を舐め回しているのだ。

小さな舌はざらりとしていて、口元には小さな牙が見え隠れする。

ミニマムで可愛いワンちゃんだけど、さっきの突撃といい鋭い牙といい、小さいとはいえさすが犬ね——なんて変な感心をしている間にも、犬はユベルティナに馬乗りになって顔をひたすらに舐め回している。

「……!!」

悲鳴を上げようにも、口を開けば犬の舌が出迎えてくれてしまう。さすがに、犬と舌を絡めてのキスなんて嫌である。

「カストル！　やめろカストル！」

門番が引きはがそうとするのだが、犬はぺろぺろとユベルティナを舐めまくっている。

（あ……、なんか、これ）

犬のテンションにあてられたのだろうか。

（ちょっと面白いかも！）

ユベルティナはこの状況を楽しみはじめていた。

騎士団に入団するために本部に来たら、いきなり白い小犬に熱烈歓迎されているのだ！　こんなに面白いことってそうそうないのではないか？

だが門番はシリアスだ。

「やめろ！　カストル、カストル!!」

門番が悲痛な叫びを上げる。しかしそこに——

「カストル、ストップ！」

鋭い一喝が響いた。その低い男性の声に、犬はピタッと動きを止める。

かと思ったら。

「わんっ」

ひと鳴きしてユベルティナの上から飛び降りると、小犬は男性の足元へ駆けていった。

ユベルティナも半身を起こして、声がしたほうを見る。

「また脱走したのか、犬の不始末は飼い主の責任だというのに。団長にはきつく言わないとな……」

そう言ってため息をつきつつ、白い小犬を抱き上げる男性。

（うわぁ、格好いい人……）

一目見ただけで、ユベルティナは引き込まれそうになった。

引き締まった精悍な顔立ちをしていて、年齢は二十代前半くらいだろうか。黒い髪に、冷たさを感じる濃い蒼の瞳がよく似合っている。

すらりとした体躯に濃紺の騎士団の制服をまとい、剣帯で細身の剣を腰に吊しているその姿は、立っているだけで騎士の迫力を醸し出していた。

「すっ、すみません、副団長……！」

門番が慌てたように彼に謝る。

副団長……。この男の人は騎士団の副団長なのか。

まだ若そうなのに。出世してるんだなぁ、とユベルティナは感心した。

副団長は門番に頷いてみせた。

「君が謝ることはない。むしろ、カストルを門から出さなかったことに感謝する」

「それはこちらの新人の手柄ですよ」

「新人……？」

「あ、えっと」

話を向けられ、ユベルティナはよいしょと立ち上がった。

立ってみてわかったことだが、この副団長、本当に背が高い。

ユベルティナだって女性にしては背が高いほうなのだが、そんなユベルティナよりさらに頭ひとつは背が高い。

ユベルティナは整った男性の顔を見上げてにっこりと微笑んだ。

「助けていただいてどうもありがとうございます、副団長様。なかなか楽しい体験でした！」

副団長は眉をぴくりとさせ、難しそうな顔つきになってユベルティナを見返してくる。

「皮肉か？」

「いえそんな、滅相もないです！　だって、騎士団に来たらいきなり犬が熱烈歓迎してくれるんですよ。わた――僕、ワンちゃんにここまで歓迎されたのって生まれて初めてですっ！」

わたしと言いかけて慌てて僕と言い直すユベルティナ。

その犬はといえば、副団長の腕の中ではっはっはっはっと舌で息をしている。副団長にはよく懐(なつ)いているようだ。

副団長は少しの間黙ってユベルティナを見つめていたが、やがてふっと蒼(あお)い瞳をゆるめた。整った口元には、少し笑みが浮かんでいる。

「……君は、ユビナティオ・ルドワイヤンだな？」

「え、なんでそれを」

「本日付の新入りの話は私も聞いている」

「あっ、そうだったんですか。はい、そうです。僕はユビナティオ・ルドワイヤンです。よろしくお願いします！」

「私は王立賛翼騎士団副団長のロジェ・ランクザンだ。カストルを捕獲してくれたこと、礼を言う。着任早々の任務、ご苦労だった」

それを聞いて、ユベルティナは思わずくすっと笑ってしまった。

ロジェは軽く小首を傾げてユベルティナを見ている。

「なにかおかしなことでも言ったか？」

「も、申し訳ありません。僕が犬を捕獲したんじゃないから、つい……」

「君がカストルの足止めをしたのだろう？」

「あの……、正確には僕が犬に捕まってたんです。だから捕獲したことを褒めるのならば、僕じゃなくてそのワンちゃんが褒められるべきです！」

すると、ロジェ副団長は蒼(あお)い目を丸くした。

「妙なことを言うのだな、君は」

「ほーら、カストル。副団長が褒めてくれるってさ。よかったね～！」

副団長の胸の中のカストルを撫でると、カストルは嬉しそうにユベルティナの手を舐めてくる。

「あは、くすぐったいよカストル。可愛いなぁ、もう！」

「……」

その様子を見て、ロジェはわずかに目を見開いた。だが、すぐに表情を引き締めてユベルティナに告げる。

「……行くぞ、ユビナティオ。団長室に案内する。……いや、その前に顔を洗いに行くか」

言うなり彼は背を向けて歩き出した。頬がほんの少しだけ赤く見えたのはなにかの錯覚だろうか？

「あ、待ってください、副団長様！」

あとを追って、ユベルティナも早足で歩き出す。

(この人が副団長かぁ。格好いいけど、怖そうかも)

彼の前では余計なことはせず、できるだけおとなしくしていよう……。そう心に決めたユベルティナであった。

ロジェは重厚なドアをコンコンとノックした。

「失礼いたします、団長」

団長様かぁ。どんな人かしら？

興味津々のユベルティナがロジェ副団長に続いて団長室に入ると、白髪の老人がそこにいた。

「おお、ロジェか。なんのようじゃ」

(もしかして、この方が団長様……？)

意外な人物像に、ユベルティナは目をパチパチと瞬かせる。騎士団の団長というからには、もっと筋骨隆々の大男を想像していたのだが……

実物はぜんぜん違う、小柄な老人である。

背はピンと伸びているが、顔はいかにも好々爺という感じ。とても優しそうなお爺ちゃんだ。

「わん！」

老人に向かってひとこえ吠えた小犬のカストルが、ロジェの腕の中でじたばたしだす。

ロジェが床に置いてやると、カストルはそのまま勢いよく走り出し、老人に飛びかかった。

「おお、カストルちゃん。お帰り。本部内の探検は楽しかったかの？」

ジャンプしてきた小犬をどっしりとした腰構えで抱きかかえた老騎士団長に、カストルは、ぺろぺろぺろぺろぺろ！　とユベルティナにしたのと同じような熱烈挨拶をはじめる。

「ふぉふぉふぉ、こりゃまた元気な挨拶じゃ。よっぽど楽しかったと見えるわい」

「団長。犬にはリードをつけてくださいとあれほど言ったでしょう。あと少しで門から外に出るところだったのですよ」

「そうは言うがな、ロジェ。カストルちゃんは門から出てはならぬという人の言葉は理解しておるのじゃ。賢いからのぉ。ゆえにリードなど無用の長物じゃ。のうカストルちゃん！」

「わん！」

「ほれ、返事をしたであろう」

「……団長のおっしゃる通り、確かにこの犬は人の言葉を理解しているようですね」

棒読みで言って、ロジェ副団長は深いため息を吐く。

「ですが、あまり過信しすぎるのもどうかと思います。犬は犬です。きちんとリードをつけてください。だいたいですね、世話はちゃんと自分ですると言ったでしょう。カストルを拾ってきたときの言葉をお忘れですか？」

「まあまあロジェ、そうカリカリせんでもいいじゃろ。カストルちゃんは新入りちゃんを出迎えに行ったのじゃろう？　それも立派なマスコット犬の仕事じゃて」

「確かにすさまじい歓迎ぶりでした。いいですか団長、今すぐその犬に初対面の人間に対するしつけをしてください。いきなり飛びかかって顔を舐め回すのは明らかに危険行為です」

「え、そこまで歓迎したのかの」

老騎士団長は意外そうな瞳でユベルティナを見つめる。

「それは珍しいのう。いくら可愛くて明るくて外交的で社交的でみんなのアイドルなカストルちゃんとはいえ、初めて会う人間にそこまで愛想を振りまくとはの。少年よ、お主はよほど気に入られたんじゃなぁ」

「……えへへ」

とりあえず、ユベルティナは照れたふりをする。

誰にでも熱烈歓迎しそうなポテンシャルは感じたのだが、あそこまでの歓迎は珍しいことだったようである。

それにしても……。なんだか、困ったちゃんなお爺様と冷静で堅物（かたぶつ）な孫、という感じのふたりだ。

だが、このふたりが騎士団の団長と副団長なのだ。つまりは王立賛翼騎士団のツートップ……

「いいですか団長、とにかくまずはその犬にリードをし、きちんとしつけてください。飼い主の義務は果たすように、くれぐれもお願いいたします」

「そうかそうか。わかったぞい。まぁ、それは追々しておくとして……」

「追々にしていい問題ではありませんっ」

だが老人はロジェの追及など意に介さず、ユベルティナを見てにっこりと微笑んだ。

「少年、わしは王立賛翼騎士団の団長、カール・リンブルムじゃ。よろしく頼むの」

「僕はユビナティオ・ルドワイヤンです。よろしくお願いします、団長閣下！」

カッ、と踵をそろえて敬礼をすると、老人――カール団長は嬉しそうに目を細めた。

「うむ、元気な子じゃ。礼儀正しくてよろしい！　それでこそ我が賛翼騎士団の騎士候補生じゃ」

「わんわん！」

小犬カストルが老騎士団長の腕の中、顔を上げて吠える。まるで自分も人間の会話に交ざりたいとでも言っているようだ。

「ふぉふぉふぉ、そうかそうか。先ほどはユビナティオの緊張をとくために元気に挨拶に行ってくれたのか。優しいワンワンじゃのう、カストルちゃんは」

「わんわん！」

「団長……」

ロジェのうろんな視線にハッとするカール団長。

「おおっと、これは失礼したの。ついカストルちゃんの優しさに感動し打ち震えてしまったわい」

そう言いながら、老騎士団長は小犬カストルを床に降ろす。

「しかし、驚いたのう。まさかこんなにも可愛らしい少年が新入りとは。ロジェも変な気を起こしてしまうかもしれんの」

……え？

老騎士団長の言葉に思わずドキッとしてロジェ副団長の顔を見上げるユベルティナ。

この男がユベルティナに対して変な気を起こす、だって？

今ユベルティナは男装して男としてここにいるから、ということはロジェ副団長は……

「……団長、わざと言ってますね？」

副団長は蒼いジト目で老団長を睨む。

「ふぉっふぉっふぉっ、なんのことかのう。わしはただ、女嫌いなお主が女の子みたいなきゃわいい少年を見たら女の子と間違えて嫌いになっちゃうかもしれんのう、と危惧しただけじゃよ」

「私には他意が含まれているように聞こえましたが」

「おぉおぉ、若いのに耳が遠いとは可哀想にのぅ」

「……団長。あとでたっぷり説教しますので、そのつもりでいてください」

副団長は眉間にしわを寄せた苦々しい顔つきでため息をつき、そしてユベルティナのほうを見た。

「……私は男が好きというわけではない。そこは理解しておいてくれ」

「え、あの。団長閣下のお話ですと、副団長閣下は女嫌いと……」

「それについては否定しない。が、君には関係のない話だ」

「は、はい……」

なんだかよくわからないが、この情報は覚えておこう、とユベルティナは思った。

ロジェ副団長は、女嫌い。本当は女なユベルティナである、無意識に嫌われる可能性もある、ということだ。

カール団長はユベルティナに向き直ると、笑顔で手を差し出してきた。

「さて、少年騎士ユビナティオ・ルドワイヤン殿！　ようこそ王立賛翼騎士団へ！　これからよろしく頼むぞい！」

その手を握り返そうとしたところに、ロジェの突っ込みが入る。

「団長、ユビナティオはあくまでも騎士候補生です」

「おお、そうじゃったそうじゃった。まだ正規の騎士ではないんじゃったっけのう……。ふぉっふぉっふぉっ、お主も細かい男じゃて」

「細かいとか細かくないとかいう区分の問題ではありません。厳然とした事実です」

「あ……あは、よろしくお願いします……」

差し出されていた手を握り返し、ユベルティナは改めて挨拶をした。

「しかしよかったのう、お主にこんなきゃわいい補佐官ができて」

「余計なお世話ですね。私は仕事くらいひとりでできるというのに」

その言葉に、ユベルティナの心臓はドキッと高鳴った。

（……私、この人の、補佐官になるの？）

女嫌いの副団長……。性格もキツそうだし、不安は募る。だが新入りの騎士候補生が配属先に文句を言うことはできない。

「なんにせよ、候補生の教育は先達（せんだつ）の仕事です。私は彼を厳しく導いていく所存です」

「ほほう、あんまりいじめちゃダメじゃぞ？」

「どうなるかはユビナティオ次第ですね」

「相変わらずじゃのう」

「仕事ですから」

老団長と副団長の会話を聞きながら、ユベルティナはドキドキしていた。

文官としての採用だからそんなに体力がなくても大丈夫なはずなのだが……。それでもやはり、騎士団での仕事である。体力的な不安はある。健康的な肉体を持つユベルティナではあるが、どうしても力では男性に負けてしまう。

ロジェ副団長はことのほか仕事に厳しそうだし……

格好いいんだけどなぁ……とユベルティナはため息をつきたくなった。

ドキドキと高鳴る心臓でちらりとロジェ副団長を見上げると、涼しげな蒼（あお）い瞳と目が合う。

「そんなに心配することはない。新入りに大した仕事はさせない――君には書類仕事や雑務を手伝ってもらおうと思っている」

「は、はい！　よろしくお願いします！」

副団長の言葉に、ユベルティナは慌てて頭を下げた。

なんだか妙にドキドキしてしまう。彼の厳しそうな雰囲気に、柄にもなく緊張しているようだ。それとも、女嫌いだと聞いたせいだろうか。

（でも、頑張ろう！）

せっかくこうして王立賛翼騎士団に潜入したのである。騎士候補生として、文官として、ユビナティオの代わりを務めあげなければならない。

ユベルティナは密かにぐっと拳を握って、決意を固めた。

こうして着任の挨拶を済ませ、団長室を辞したふたりは、早速副団長室へ向かった。

王立騎士団副団長室に案内されたユベルティナは、室内の様子を見て目を丸くした。

（すごい量の本……！）

騎士団本舎の三階にある副団長専用の執務室。その壁際には本がきっちりと詰まった大きな本棚が整然と並んでいたのだ。

部屋の中央には、書類が山のように積まれたどっしりとした机があった。窓際にも机がある。続き部屋へのドアまである、かなり広い部屋だ。

「ユビナティオ。——ユビナティオ・ルドワイヤン！」

「はっ、はいっ！」

呼ばれ馴れていない弟の名前で名を呼ばれ——新しい部屋に気をとられてはからずも無視するかたちになってしまい、ユベルティナは慌てて返事をした。

ロジェ副団長は窓際の机を軽く指差す。

「あれが君の机だ。早速、書類の選別をしてもらおうと思う」

「書類の選別……？」

それは、来て早々のユベルティナにできる仕事なのだろうか……？

「なに、簡単なことだ。様式があるからそれに合致しないものを弾くだけでいい。たとえば……」

と、ロジェ副団長は部屋中央のどっしりとした大きな机から、一枚の紙を取り上げた。

「これは予算申請用紙だ。しかし金額は書かれているが、書類作成者のサインがないだろう？」

「あ、ほんとだ」

「こういう不備のある書類を弾いてほしい。除けた書類は後で私が確認する」

「わかりました、副団長様」

「それでは、これを頼む」

どさっ、と大机に積まれた書類の一部が窓際の机に移される。一部とはいえ、高さがすさまじい。

「これ全部、ですか？」

「そうだ」

「う……」

一瞬絶句してから、ユベルティナは笑顔を作った。こんなことでめげていては、とてもじゃないが男所帯の騎士団で女だとバレずにやっていくことなどできないだろう。

必要なのは度胸だ。どんな仕事がきたって大丈夫、なんとかなるさ、という度胸！　やるときは、後悔なきよう徹底的に！

「わかりました。僕、頑張りますっ！」

「よし、いい返事だ」

いきなりの大量仕事であるが、書類に不備があるかどうかを見るだけでいいなら単純作業である。楽勝だ。……楽勝だ、と思い込もうとした。

「では、頼んだぞ」

「はい！」

「それが終わったら書類を各部署へ配達してもらう。配達が終わったら武器庫に行って装備品の確認をするぞ。そうこうしているうちに新しい書類が来るからそれを捌（さば）く。終わったころには、頼んでおいた制服が仕立屋から届くだろうから、受け取って検品する。まぁ、とりあえずはそれくらいだな。書庫のチェックは明日の予定だし」

「はい！」

なんだか仕事がたくさんあるなぁ……。でも、うん。大丈夫。きっとできる。度胸、度胸！

「それから、手紙が来たら宛先を確認して分けておいてくれ」

「かしこまりました、ロジェ副団長様！」

「よし。では私はこちらで仕事をしているから、わからないことがあったら声をかけるように」

副団長はそう言うと中央の机に座った。

「はい！　副団長様！」

「様は付けなくていい」

「はい、副団長！」

とにかく書類に目を通してみよう。ユベルティナは窓際の机に座ると、目の前に積まれた書類を見つめた。

すごい量だけど、確かに事務方の仕事ではある。体力自体はそれほど使わなくて済みそうだ。

やり方を覚えて、あとでノートにまとめておこう。そうしたら、入れ替わったあとのユビナティオが戸惑わなくて済むから……

「……よしっ！」

すべては弟ユビナティオのために！

気合いを入れると、ユベルティナは一番上の書類を手にとった。


書類仕事をはじめて、早くも数時間が経過し——

ようやく、書類の山が片付いた。

「つ、疲れた……っ」

思わず声を出し、ユベルティナは机の上に突っ伏した。

不備のある書類を弾くだけの仕事だと思って甘く見ていたが、これがなかなか大変だった。

とにかく枚数が多いのだ。何度も確認して弾いて、確認して弾いて……の繰り返し。

だが、おかげでこの騎士団がどんな組織なのかだいたい把握できた。

――王立賛翼騎士団というのは、第一から第十までの師団がある巨大組織である。第一師団は王家の護衛、第二師団は王宮の護衛、第三師団は国内外の要人警護、第四師団は地方行政の補助――といった具合に、それぞれに受け持つ仕事内容が違う。

第一師団が一番のエリートらしい。この騎士団は貴族や平民が混在しているのだが、貴族――その中でも特に爵位の高い騎士が集中しているのが、この第一師団である。王家の護衛をするくらいだから、エリートが集まっているということなのだろう。

面白いのは第七師団だ。これは主に諜報活動を主とする師団らしく、貴族よりも平民出身の騎士が多いのが特徴であった。

(わたしはどこに配属されたんだろ……?)

副団長補佐官のユベルティナは事務仕事を主な任務とする師団に所属しそうなものだが、そういう師団は見当たらない。

貴族出身だから第七師団の可能性は低いだろうが、だからといって貴族の多い第一師団でもないだろう。王家の護衛はしていないのだから。

副団長補佐官というのは、いったいどこの師団になるのだろうか。

「終わったか」

「きゃっ」

横から精悍な顔がにゅっと出てきたので、ユベルティナは驚いて飛び上がった。

「なんだ、女みたいな声を出して」

出てきた顔――ロジェ副団長が眉根を寄せる。

そうだ、この人は女嫌いなのだった。気をつけなければならない。

「申し訳ございません、副団長。書類の整理に集中していて……」

「集中していたようには見えないが」

ユベルティナは大慌てで姿勢を正すと、机の上の書類の乱れを整えはじめた。

「す、すみません。ちょうど終わったところだったので、ちょっと気がゆるんでいました」

「まぁいい。仕事が終わったのならチェックするから、書類を渡してもらうぞ」

「は、はい」

ロジェは自分で書類を抱えると、中央の机に持って帰った。そして一枚ずつ目を通していく。伏せられた蒼い瞳に引き締まった口元。その真剣な眼差しに、ユベルティナは思わずドキリとする。

さらりとした黒い髪、冷たさをたたえた深く蒼い瞳。通った鼻筋も薄い唇もシャープな顎の形も、ロジェはすべてが整っていた。

（……やっぱり、格好いいなぁ）

じっと見つめていたら、ふとその視線が上がった。

「なんだ？　人の顔をジロジロ見て」

「あっ、あのっ……」

慌てて視線を逸らしながら、先ほど気になったことを思い切って聞いてみることにした。

「あのっ、僕はどこの師団に所属しているのでしょうか」

「師団だと？」

「はい。騎士団にはたくさんの師団があるから……」

「君はどの師団にも所属していないぞ」

「え？」

どこの師団にも、所属していない？

「強（し）いて言うなら私の直属、だ。君は副団長補佐官だからな」

「そうなんですか」

どこの師団にも所属しない、ロジェ副団長直属の補佐官――。どの師団にも所属していないと言われたときはびっくりしたが、なんだか特別な感じがして、ちょっと嬉しい配属である。

「……なにを嬉しそうにしているんだ」

「す、すみません！」

つい頬がゆるんだのを見咎（みとが）められてしまった。

「……君の仕事に今のところ不備はない。この調子で一年続ければ問題なく正規の騎士になれるだろう。そのときに希望の配属先を聞いてもらえるから、それまではここで我慢するんだな」

「我慢なんて、そんな。副団長の下で働くのは楽しいです！」

「私の仕事はまだまだこんなものではないぞ」

「はい、一生懸命頑張ります！」

素直に思ったことを口にすると、ロジェはそっけなく笑った。

「………まぁ、頑張ってくれ。正規の騎士になるために」

「はい！」

元気よく返事はしたが、……ユベルティナに与えられたリミットは二カ月である。頑張ったところで二カ月経てばここを去るのだ。その間、女とバレないようにしないといけない。

……それから、ユビナティオのこともある。どうかユビナティオが元気になりますように。ユビナティオが元気になって、ユベルティナが女だとバレずに二カ月過ごす。これが、ユベルティナにとって最大限の努力を惜しまずして目指すべきところなのだ。

そのあと、書類のチェックを終えたロジェに連れられて、ユベルティナは書類を各部署に届けることになった。

これが結構大変な作業だった。

騎士団の各師団や各部署は広い本部の方々に点在していて、しかも歩いていると隊員たちに仕事の指示を仰がれたり要望を伝えられたりして、そのたびにロジェは立ち止まるものだから、なかなか前に進まないのだ。

おかげで書類を届けるだけで半日が終わってしまった。

あまりにも大変すぎて、書類を届けるだけでへとへとである。

そんなユベルティナを見て、副団長がぼそりと呟いた。

「君はまず体力をつけることだな。こんな有様では正規騎士になる前に退団することになるぞ」

「うっ……、が、頑張ります！」

女とバレないようにするのと同時に、まずは体力をつけて仕事に慣れること。これが、目下の重大な課題だ。

「では次の仕事だ。武器庫に行って書類に記載された数と、実際にある備品の数が合っているかどうかのチェックをする。同時に刃こぼれや破損がないかも確認し、手入れが必要なものをリストアップする」

「はいっ」

返事をしながら、ユベルティナはぼんやりと思った。

これって、いわゆる、『こき使われてる』状態ではないか？　しかも初日から。

ロジェ副団長は見目麗しく格好いいけど、仕事は多いし部下はきっちり使うしで、かなりの鬼上司なのかもしれない……

「おい、なにをぼーっとしている。行くぞ」

「は、はい！　すみません!!」

考えごとをしていたのがバレて怒られてしまった。

「待ってください、ロジェ副団長ー！」

さっさと足を運ぶ副団長のあとについて、ユベルティナは慌てて廊下を走り出す。

その日はそうして終わった。

――騎士団生活、あと二カ月。

第二章　姉たちの来襲

初騎士仕事から三日が過ぎた日のこと。

ユベルティナが第七師団に書類を届けに行くと、ちょうど休憩中だったらしく、師団員たちがテーブルを囲んでお茶を飲みながら談笑しているところだった。

「失礼します。書類を届けに来ました」

「おう、ご苦労さん」

第七師団長エルク・ラノイアが書類を受け取りつつ、軽く声をかけてくる。

真っ赤な髪に明るい水色の瞳というかなり特徴的な外見の人物で、なかなかに格好いい。副団長にはかなわないけど！　とユベルティナは心の中で失礼なひとことを添えてしまうが。

「もうすっかり馴れた感じだな。お兄さんは嬉しいぞ」

気安い感じで軽口を叩いてくるエルクである。

「いえ、まだまだです。今日もロジェ副団長に怒られてばかりで……」

「あいつは厳しいからなー。まぁ、あれで意外と面倒見はいいんだ。根気強く付き合ってやってくれ」

実は俺、副団長とは同期でさ、わりと仲がいいんだよ——とエルクは笑った。

「正直、お前が来てくれてほっとしてる。あいつ、お前が来る前はひとりで全部の仕事をこなしてたんだぜ」

「この量の仕事を、ひとりで⁉」

目を丸くするユベルティナ。仕事を分配されたユベルティナですら目を回しそうなほどの量なのに。これをひとりでこなしていたとなると、大変な負担だったことだろう。

「もともと頭も回るし要領もいいし体力もあるから、うまいこと処理はしていたけどさ……」

そこでエルクはふっと赤い眉をひそめる。

「あまりにも仕事をひとりで抱えるもんだから、ある日ついにカール団長がキレてさ。それで補佐官を置くことになったんだ」

「あの優しそうなお爺ちゃんが怒るなんて、相当抱え込んでいたんですね……」

「あれは仮面だよ」

「え？」

「犬好きの温厚なお爺ちゃんとは仮の姿。本当は鬼の騎士団長なんて呼ばれるほどのおっかねぇ人なんだよ、カール団長って人は」

「へぇ……、人は見かけによらないんですね」

あの小犬を抱えたお爺さんが、眉を逆立ててロジェ副団長に激怒するなんて……、ちょっと想像できない。

「ちなみにロジェ副団長は小さいころからカール団長にずっと仕えてきた右腕みたいな存在だよ。

ふたりとも公爵家の出身だしな」

「え、公爵家のご出身だったんですか、副団長って」

「ああ、立派なご身分だろ？　カール団長は国王陛下の大叔父だし、ロジェはアレクシス王子殿下の従兄弟ときたもんだ」

「王族のご親戚なんですか……！」

それは、すごい。

「これだけの高位貴族が仕切ってるわけだからな。この騎士団にもある程度の自治権が与えられてるってワケよ」

「そうなんですか」

王立賛翼騎士団――、ここには貴族もいれば、平民もいる。様々な人がいて、それぞれに役割がある。それが実現できているのは、騎士団を束ねる公爵家出身のカール団長の力なのだろう。

「かくいう俺は、平民の出さ」

ぱっちん、と水色の瞳をウインクするエルク。

「ここに来たときは、貴族のボンクラどもにずいぶんと嫌みを言われたもんだよ。まぁ、そういうのを跳ね返すだけの実力があったからこそ、今こうして師団長になれたんだけどな。だが、それを許す自由な気風がこの騎士団にあったのも事実だ。カール団長のおかげだな」

「へぇ……！」

「ここは実力があれば出世できる夢みたいな場所さ。お前もゆくゆくは、師団長くらいにならなれるかもしれないぞ」

「えっ、本当ですか？」

「ああ。あの副団長にこれだけついてこられてるんだから、見込みはあるよ」

とはいえ師団長になれたとしても、それはユベルティナではなく弟のユビナティオなのだが。なんにせよ、ユビナティオのために頑張ろう、とユベルティナは決意を新たにする。

「そのためにも、副団長の仕事をよーく覚えるんだぞ。あいつは口うるさいし怖いし厳しいし融通もきかないが、悪いやつじゃないから」

「はい！」

いろいろと大変な言われようの上司だが、それでも弟が騎士団に入る日のために頑張ろう。

それに……、と脳裏に浮かぶのは、ロジェの精悍な顔立ちだ。

整った鼻筋や、きりりとした眉に涼やかな切れ長の蒼い目。いつもぴんと伸びた背筋は自信に満ち溢れていて、堂々とした佇まいが格好いい。

その凛々しい横顔を見ているだけで、ユベルティナの心は弾んでしまうのだ。

「さて、と。俺は仕事に戻るかな……」

「あ、すみません。お邪魔しました、僕も戻ります」

「おう、またな」

ひらりと手を振るエルクに会釈し、ユベルティナはロジェ副団長の執務室へ戻るのだった。

副団長室に戻ると、そこには書類に目を通すロジェの姿があった。

「遅かったな」

書類に目を落としたまま、ロジェは淡々とユベルティナに語りかける。

「書類を届けるだけにしては時間がかかりすぎだ」

「申し訳ありません。つい話し込んでしまいました」

「あまり情報を抜き取られないようにしろよ」

「え……？」

「第七師団に行ったんだろう？　あそこは諜報活動を主とする師団だ。文官との雑談だってあいつらにかかれば情報収集の機会になる。誰とどんな話をしたのか、なにをしゃべったか、すべて記録されているぞ」

「そうなんですか。すごい……」

思わずドキッとしつつ、感心してしまう。

エルクとの会話はただの雑談で、そんな雰囲気など少しも感じなかったが……、それでも裏では情報がやりとりされていたということか。さすがは諜報の第七師団だ。

一番隠さなくてはならないこと――本当は女であること――はバレてはいないと思うのだが。

それでも内心ヒヤヒヤしてしまう。今後はできるだけ気をつけよう。

「感心している場合か。常に細心の注意を払え。君は私の補佐官なんだぞ」

「はい！」

「まったく。返事だけはいいな」

「えへへ」

照れて頬を染めるユベルティナに、ロジェは呆れたようにため息をついた。

「褒めてない」

「えー……」

せっかく褒められたと思ったのに。

そう思いながら見るロジェの横顔は、やはり端整で美しい。あぁ、まつげが長い……

「……なんだ？」

視線を感じたのか、ロジェが眉間にしわを寄せてこちらを見る。

「あ、いえ。なんでもありません。紅茶淹れますね」

慌てて目を逸らしながら、ユベルティナはいそいそとお茶の準備をはじめた。

ユベルティナが紅茶を淹れていると、静かな室内にカリカリとペンを走らせる音が響く。

「あの、ロジェ副団長」

「なんだ」

「なにかお困りのこととかありませんか？　僕にできることであれば、なんでもお手伝いしますから」

第七師団長に情報収集のネタにされたとはいえ、こちらも興味深い情報を得ることはできた。

上司であるカール団長に怒られるほどの仕事量をひとりでこなしてきたロジェ副団長。

もっと、この人を楽にしてあげたい。

それが彼の補佐官という自分の仕事だ。が、それ以上に、もっと個人的に——このロジェ副団長という仕事人間の役に立ちたかった。

「君は紅茶を淹れることに専念してくれ。君の淹れる紅茶は美味しいから」

「えへ。……あっ、今のも褒めてないんですよね？」

「今のは褒めた。だから存分に照れてくれていい」

「っ……」

あまりにもストレートな物言いに恥ずかしくなり、ユベルティナの顔が真っ赤に染まっていく。

「……君には感謝している」

さらりとしたロジェの甘い言葉は続く。

「ここに来てまだ三日だというのに、その働きぶりは素晴らしい。私も助かっている。いずれ正式な騎士となったときに、私を選んでくれるととてもありがたい」

「はい！　……え」

元気に返事をしてから、ユベルティナははたと気づいた。

「ロジェ副団長を、選ぶって……？」

「正規騎士になったら自分で所属を選べる。そのときに、私を選んでくれると嬉しい」

ロジェは顔を上げてユベルティナを見た。深い蒼の瞳が真っ直ぐに見つめてくる。

「本当なら今すぐ君を正規の騎士に推薦したいくらいだ。仕事も真面目だし、君の淹れた紅茶はうまい。だが、一年は候補生として様子を見る、というのが騎士団の規則だ」

「……っ、はっ、はい！」

ユベルティナは顔を赤くしながらも、笑顔で答えた。

自分がロジェ副団長を選ぶ、だなんて……とユベルティナは思う。なんと胸が高鳴るシチュエーションだろうか。

だが、ユベルティナがここにいられる時間はあと二カ月弱しかないのだ。弟が快癒するにしても、しないにしても。リミットは変わらない。

それを思うと、急に切なくなってくる。

だがそんな事情を知らないロジェは、いつものように淡々と言葉を続けた。

「まずは騎士候補生として、ここでしっかり仕事を学ぶことだ」

「はいっ」

「それと、あまり無防備に情報を与えないように。特に第七師団の連中にはな」

「はい、注意します」

「よろしい」

満足げに目を細めて微笑むロジェ。

その表情は、とても満足げで穏やかで、優しくて――。つい、くらっと引き込まれそうになる。

「どうした？」

「っ、いえ、なんでもないです」

なんだか恥ずかしくなってしまい、ユベルティナは照れた笑みを浮かべた。

ロジェは、自分のことを気にかけてくれている。それがわかったから。

それと同時に、不思議な気もしてくる。

（ロジェ副団長って、女嫌いなのよね……）

もし自分が女だとバレれば、それだけで嫌われてしまうだろう。

（……男だと思われている今は、なんてことないのに）

ほんの少し情報が変わるだけで、信頼されたり、嫌われたりするだなんて。

（中身は変わらないのになぁ）

そんなことを考えながら、ユベルティナは紅茶を注いだカップをロジェの前に置いた。

「ありがとう」

ロジェは紅茶を一口飲むと、ほっと息をつく。

「……やはり、うまいな」

「お湯の温度管理と蒸らし時間が大事なんです」

にっこりと微笑みながら、ユベルティナは自分にそっくりな弟、ユビナティオのことを考えた。

（ティオに紅茶の淹れ方を徹底的にしこまないとね。入れ替わったあとにティオが怪しまれたら大変だから）

弟と入れ替わったら、ロジェは気づいてくれるだろうか……

――騎士団生活三日目は、こうして過ぎていった。

明くる日。

「あの、ロジェ副団長？」

ユベルティナがおずおずと声をかけると、ロジェは書類を見ていた顔を上げた。

「なんだ」

「ちょっと、お聞きしたいことがあるのですが……」

どっこいしょ、と抱えた箱をロジェの机の上に置くと、ユベルティナは尋ねる。

「これ、全部ロジェ副団長宛てなんですけど……」

「捨てろ」

そう言って、ロジェは書類に目を戻した。

「そういうわけには……」

「捨てろ」

もう一度同じ言葉を放つと、ロジェは書類にペンを走らせる。

「せめて目を通してから……」

「見てわからないか？　私は忙しいんだ」

「でも……」

一抱えもある箱に詰め込まれているのは、すべて封筒である。しかも、ひとつも封が切られていない。

ユベルティナはその中から何通か取り出し、差出人を読み上げた。

「カトリーヌ・ランクザン、マリー・ランクザン、ジャクリーヌ・ランクザン、アンヌ・ランクザン――様からのお手紙ですよ？　ロジェ・ランクザン副団長閣下」

じろり、とロジェの切れ長の瞳が睨めつけてくる。

「なにが言いたい」

「姓が同じなのはご家族だからですか？　それともご親戚？」

はぁ、とロジェはため息をひとつついた。

「姉たちだ」

「お姉さまがいらっしゃるのですか」

「そうだ。四人いる」

「ふーん……」

「なんだ」

「いえ」

ユベルティナは手に持った封筒をひらひらと振った。

「ずいぶん溜まっていますけど。読まないのですか？」

「読む必要がない」

きっぱりと告げられ、今度はユベルティナがため息をつく。この副団長は、姉たちからの手紙を溜めるだけ溜めて、読まずに捨てろというのだ。

「でも、重要なお手紙かもしれませんよ？」

「では君が開けて確認しろ」

「僕がですか？」

「私は忙しいんだ」

「いいんですか？　ご家族からの手紙を他人の僕が読んじゃって……」

「許可する。読んだら捨てろ」

「捨てるかどうかはわかりませんが、じゃあせっかくですし、読ませていただきますね」

……ご家族からの親書を読んでもいい、だなんて。

（もしかして、これって信頼してくれているってこと？）

ロジェの下で働き出して、はや四日。たったこれだけの期間でそれだけの信頼を得たのだと思うと、なんだかくすぐったい気分になって、顔がニヤけてしまう。

「重要なことだといけませんので、この場で確認いたしますね……。失礼します」

丁寧に頭を下げてから、ユベルティナはロジェの机の上のペーパーナイフを拝借して封筒を開けた。そしてざっと中を確認する。

内容は他愛のないものだった。

『騎士団でのお勤め、ご苦労様です。最近は、使用人たちの結婚が続いています。そういう時期なのかもしれないですね。あなたはどうなのでしょうか？　男所帯では出会いがないでしょう。今度私が推薦する女性と会ってみませんか？』

「どうだ？」

「……緊急性はないものと判断します」

「そうか。なら捨ててくれ」

「捨てるかどうかはまだわかりませんが……」

「次の手紙も読んでみろ」

促されるまま、ユベルティナは別の封筒を手にとって、ペーパーナイフで開けた。

『新作のドレスを勧められましたが、きっと自分には似合わないから辞退しました。あと、美味しい菓子店の噂を聞きました、今度食べに行こうと思っています。ところで、あなたにはいい人はいますか？　いないのでしたら、私の部下の女性と会ってみませんか？』

「次も読んでみろ」

「はい」

『先日、あなたが可愛がっていたラウリーが仔犬を産みました。早速私に懐いています。もう犬たちには、あなたより私のほうがボスとして認識されていると思います。ところで、あなたにピッタリの女性を見つけました。この私の眼鏡にかなった人ですし、会うだけでも会ってみるべきだと思います。返事をお待ちしております。』

「次」

「はい」

『侍女のリンダが素敵な男性と結婚しました！　早くも子供は何人欲しいかの話題でもちきりよ。

新婚さんっていいわね！　あなたの結婚はどうなるのかしら。早くあなたの子供が見たいわ、ロジェ。きっとすごく格好いい、推せる男の子になるはずよ。あっ、女の子でも伯母ちゃんは推しますわよ！　いい人がいるなら絶対に紹介しなさいよね！　なんならいい人紹介するわよ！』

「次」

「はい」

促されるまま読み進めていく手紙、手紙、手紙。そのどれもが姉たちからの軽い近況報告で、最後は必ず『ロジェにはいい人いませんか、いい人紹介しましょうか』で締められていた。

「……ロジェ副団長」

「なんだ」

「お姉さま方って、副団長のことをとても心配していらっしゃるんですね」

「…………………」

返事がない。ロジェは黙って手元の書類にペンを走らせていた。

その反応に苦笑しながら、ユベルティナは付け足す。

「……主に女性関係のことで」

「迷惑な話だ」

心底嫌そうな声だった。

「ロジェ副団長、恋人はいらっしゃらないのですか？」

「いない」

「じゃあ好きな人は？」

「……」

一瞬の間があった。だがすぐに、ぴしゃりと言い放つ。

「私にそんな相手がいるように見えるか？」

「まったく見えません」

女嫌いだというし……、と、そこまで考えて思い当たる。

ロジェ副団長が女嫌いなのって、こういうふうに構ってくる姉たちが原因なのかも……？

ロジェは軽く首を振りつつ大きなため息をついた。

「……くだらない。姉たちの言うことはいつも同じだ、いい人はいないのか、結婚しろ、子供を作れ。私はもう二十二だ、放っておいてほしいものだ」

ロジェは二十二歳だったのか。十八歳の自分より四つ年上なのね、とユベルティナは思う。

二十二歳で王立賛翼騎士団の副団長というのはかなりの大抜擢なわけだが、そんなエリートの彼に女っ気がないのがまた、姉たちが気を揉む原因なのだろう。

「姉たちはいつまで私のことを弟扱いしてくるつもりなんだか、まったく……」

ユベルティナにも弟がいるからわかるが、弟はいつまでたっても弟である。どんなにロジェが大きくなろうとも、姉たちにとって彼が弟であることに変わりはないのだ。

「お姉さま方は、副団長のことが心配なんですよ。きっとすごく可愛い弟さんだったんでしょうね」

二十二歳でこれだけ格好いいのである。小さいころは天使と見紛うほどの美少年だったろう。

「それが余計なお世話だというんだ。私はもう、姉たちに守られるような立場ではない」

「それは、まぁ……」

ユベルティナは苦笑した。それでも姉たちの気持ちがわかってしまうので、つい微笑ましい気分になる。

「それで、このお手紙を読まずに捨ててしまえ、というんですね」

「そうだ。そんな手紙、いちいち真面目に読んでなどいられるか。馬鹿らしい」

迷いなく言い切るロジェに、ユベルティナは少し考えてから言った。

「じゃあ、僕が全部もらってもよろしいでしょうか？」

「なに？」

「捨てるくらいなら、僕が読んでもいいですよね。その……、捨てる前に内容を確認、くらいの感覚で」

「君も見た通り、大したことは書いていないぞ」

「いいえ、全部大したことですよ！　ロジェ副団長がお姉さま方にものすごく愛されているっていうのがよく伝わってきます。それに僕、ロジェ副団長がなにが好きでなにが嫌いなのか、とか。そういうのが知りたいんです。それがこの手紙には書いてありそうな気がして」

「……好きにすればいい」

「ありがとうございます！」

ロジェの許可が出た。これで、ロジェのことをもっと詳しく知ることができるはずだ。なにせ実の姉たちからの手紙なのだから、プライベート情報満載だろう。

満面の笑顔を浮かべるユベルティナに、ロジェは眉根を寄せた。

「君は、私のことがそんなに気になるのか？」

「はい！　僕、ロジェ副団長のこと尊敬してるんです。だからもっといっぱいロジェ副団長のこと、知りたいです！」

ユベルティナの即答に、ロジェの頬に一瞬さっと朱が差した。だがすぐにコホンと咳払いをして誤魔化す。

「……おかしなやつだな」

「そうですか？」

首を傾げるユベルティナ。

「僕にとっては大事なことです」

「……勝手にしろ」

ロジェはそっけなく書類に目をやると、またペンを走らせはじめた。

その日はそれで済んだのだが――

そうして、入団してから初めての週末。

ユベルティナは騎士団の中庭の隅にある小さなハーブ畑で、作付けの記録をまとめていた。

あと二カ月弱でいなくなってしまう自分とは違い、ハーブたちはこの地に根を張って栄養を吸収し、やがて騎士たちの胃袋に入ったり、傷を治したりする。

それを思うと、切なくなった。自分がいなくなっても、ここで健やかに育つハーブたち……が、とにかく仕事だ。

（それにしても……）

収穫したハーブの種類をノートに書き込みながら思うのは、ロジェのことだった。

ここのところ毎晩、姉たちからの手紙を読んでわかったのは——

（ロジェ副団長って、本当にお姉さま方に可愛がられてるのねぇ）

姉たちのお節介は確かにロジェにとっては鬱陶しいだろうが、他人が見る分には家族の愛が感じられて微笑ましい。

たとえば、こんな内容だったりする。

『元気にしていますか？　風邪をひいたり怪我をしたりしていないかしら。返事がないので心配しています』

『あなたは身体が弱い子でしたね……。しっかり食べていますか？　ちゃんとお風呂に入って身を清めていますか？　ちゃんと鍛錬していますか？』

『あなたのことだから大丈夫だとは思うけど、部下たちのことはちゃんと教育するのよ。舐められるのが一番いけないことですからね』

『今度一緒に食事に行きましょう。素敵な看板娘さんがいらっしゃるレストランを見つけたの。

シェフも大変な美丈夫だそうよ！　あなたの好きなものをたくさん食べましょうね！』

もちろん、すべて最後は『いい人はいませんか』で締められているのだが。それでも大量の手紙に、すべて姉たちの気遣いや愛を感じるのは確かだった。

「はぁ～……」

思わずため息がこぼれる。

ユベルティナはロジェの姉たちの顔を知らない。会ったこともない。だから、ロジェの姉たちに対するユベルティナの評価は、すべて手紙の中だけでの判断となるわけだが——

（ロジェ副団長のお姉さんたち、か。いつかお会いしてみたいなぁ……）

あと二カ月弱で別れることが決定しているロジェ副団長のことを、それまでに、もっともっと知りたいと……、ユベルティナはため息をついた。

（その前にティオね。元気になるといいけど……）

もし弟が快癒（かいゆ）せず、騎士団に入団しないとなれば、ユベルティナは男装したままこの騎士団を辞（や）めることになる。それは迷惑がかかるし、なによりもロジェの信頼を裏切ることになる。

彼の信頼を裏切らないためにも、無事ユビナティオと入れ替わりたいところだが……、それでも結局、ロジェとの別れは確定している。

「うう。仕事、仕事」

小さく呟く。

未来のことはなるべく考えないようにしよう。とにかく今は、女だとバレないようにしないと。

そう思いながら、記録用のノートを閉じたときであった。

「お嬢さん」

不意に、声をかけられた。

顔を上げると、そこには見覚えのない人物がいた。

年の頃は二十代後半といったところだろうか。蒼(あお)い瞳に長いまつげの、憂いを帯びた美貌。艶(つや)やかな黒髪をポニーテールにした女性だ。身体にピッタリした軍服のような隙のない服を着て、腰に剣を下げている。……そして、胸が大きい。この人物、紛(まご)うことなき巨乳の美女である。

「なにか御用でしょうか？」

自然に返事をしてから、ユベルティナはハッとした。

「あっ、あのっ、僕は男ですが」

「それは失礼を。あまりにも可愛らしいので、つい間違えてしまいました」

その人物はにっこり笑った。中性的な雰囲気の彼女にユベルティナもついくらっとしそうになるが、なんとか踏みとどまる。

女性は自らの大きな胸に手を当てると、自己紹介をはじめた。

「私は王立紅鹿(こうか)騎士団で団長を務めております、ジャクリーヌ・ランクザンと申します。ジャッキーとお呼びください」

「えっ……!?」

その名には覚えがあった。というか、ランクザンって……！

「あー、まーたジャッキー姉さんったら女たらししてるぅ」

「まぁアンヌ。相手は女性じゃなくて男の子よ。この場合は男たらしというべきではないかしら」

「ふん、くだらないわ。ジャッキー姉さんが誰をたらしこもうと私たちには関係ないじゃない」

わいわいと口々に言いながら現れたのは、三人の女性だった。

胸がボリューミーで、どこか母性が漂う金髪の女性。勝ち気で冷たそうな黒髪の女性。きらきらと輝く目に金髪の、ふっくらした女性。各々系統は違うが、皆きちんとした身なりをしている。

「マリー、ちょっと言いすぎよ？　ほら、ジャクリーヌがいじけてるじゃない」

胸の大きな金髪の女性が、勝ち気で冷たそうな黒髪の女性に苦笑を向けると、ポニーテールの女性が肩を落として暗い顔になる。

「いいんです別に私なんて。たらしこむつもりなんてこれっぽっちもないのにいっつもこうなっちゃうんですから。どうせ私はこういう星の下に生まれついた不幸な人間なんです……」

「違うわよジャッキー姉さん。たらしこむっていったのカト姉だからね！　私じゃないわよ！」

黒髪の勝ち気そうな女性が慌てて言うと、胸の大きな女性がおほほと呑気に笑った。

「あら、私そこまで言ってないわよ～？」

その横で、ふくよかな女性がにっこりと笑いかける。

「ジャッキー姉さんはとっても格好いい自慢の姉さんよ！　その証拠に、団員に大人気でしょ？　だから、もっと自分に自信を持ってよ！」

「うう、ありがとうアンヌ……」

黒髪ポニーテールの女性がうるうると涙ぐんでいる。

「あの……」

ユベルティナは彼女たちの顔を順番に見つつ、おずおずと言った。

——知っている。自分はこの女性たちを、知っている。

「あなた方は、もしかして……」

ユベルティナは言いながら、胸がボリューミーな女性を見て。

「ランクザン公爵家、第一女、カトリーヌ・ランクザン様」

ポニーテールで軍服な女性を見て。

「第二女、ジャクリーヌ・ランクザン様」

黒髪でツンツンしている女性を見て。

「第三女、マリー・ランクザン様」

ふっくらして可愛らしい、目を輝かせた金髪を見て。

「第四女、アンヌ・ランクザン様」

そして最後にユベルティナは小首を傾げて確認した。

「……ですよね？」

「その通りですわ」

胸がボリューミーな女性……、長女カトリーヌが意外そうな顔をする。

「申し訳ありませんわね、お顔を覚えていなくて……。以前お会いしたことがありましたかしら」

「あ、いえ。そういうことではなくて」

まさか、『弟に宛てた手紙を読んでいるからわかった』とは言えないユベルティナである。

だがそんなユベルティナの戸惑いに気づいた様子もなく、四女アンヌが目を輝かせた。

「私たちって有名ってことかしら！」

「そりゃ有名でしょうよ」

ツンツンした黒髪の三女、マリーが腕を組んでふんと顎を上げる。

「なにせここの堅物副団長の実の姉なんですからね」

「じゃあ、ここのイケメン騎士様たちとは簡単にお近づきになれるってことかしら！」

「そんなのロジェが許すはずないでしょ。あいつそういうの嫌いだし」

「ロジェなんかに邪魔させないわよ。私の推し活は絶対なの！」

「なにが推し活よ。ただのイケメン好きなミーハーじゃない」

「いいじゃない、別に。格好いい人にときめいてなにが悪いの？　鍛え上げられた筋肉って最高だと思わない？」

アンヌに同意を求められたマリーは、呆れたように軽くため息をついてみせた。

「アンタね、そんなこと言って。この前ジャッキー姉さんのところの女性騎士たちに大量の手作りクッキー贈って困らせたの忘れたの？」

「ちゃんと食べてくれたもん！」

「それが問題なのよ。大量のクッキーなんか無理に食べさせられたら、みんなアンタみたいな体型になっちゃうわよ」

「なによ、それって言いすぎよ！」

「ちょっとふたりとも、喧嘩はやめなさ～い」

言い争いをはじめてしまった妹ふたりだったが、長姉カトリーヌの制止でぷいっと顔を逸らし合った。

その横で、次女ジャクリーヌがぼそっと口を開く。

「……私は王立紅鹿騎士団団長、ジャクリーヌ・ランクザンといいます。ジャッキーとお呼びください」

「「それさっき言った！」」

妹ふたりがそろって突っ込みを入れる。ジャクリーヌはしまったというふうに顔をしかめた。

「す、すみません。なんだか話についていけなくて」

「気にしないで。話なんかこれっぽっちも進んでいませんわよ～」

カトリーヌが優しく微笑んでその場を収める。

そして、その包み込むような微笑みを、四人の会話に圧倒されているユベルティナへ向けた。

「ごめんなさいね～。ちょっとうるさいわよね？」

「い、いいえ。仲がよくていいな、って思ってたところです」

ユベルティナも微笑みながら返す。

「僕にも弟……いえ、妹、じゃない、姉がいますから」

「あら、あなたは四人姉弟なの？」

「ふたりです」

まぁ、確かにちょっとどころかだいぶうるさい。

この調子で構われ続けていれば、そりゃあロジェだって姉たちが苦手にもなるだろう。その対象が女性全体になってしまうのは飛躍しすぎな気もするが……。一番身近な女性がこれなのだから、それも致し方ないのかもしれない。

「でも、僕のところはあなたたちほど仲がいいってわけじゃないので。なんだか羨ましいです」

病弱で、小さいころはよくベッドに伏せってばかり。そのくせ騎士に憧れて、体力をつけるために多大な努力をしていたユビナティオ。

そんなユビナティオにどこか距離を置き、遠慮がちに接してしまう自分がいるのもまた事実だった。

ユベルティナの言葉に、三女マリーが苦い顔をした。

「別に仲がいいわけじゃないわよ。ただ単に遠慮がないだけ」

「それが仲がいいってことなんですよ」

「あの……」

次女ジャクリーヌが遠慮がちに口を開いた。

「私は王立紅鹿騎士団団長、ジャクリーヌ・ランクザンと言いま――」

「「それはもういいってば！」」

また妹ふたりの声がそろい、たまらずユベルティナはくすりと笑ってしまった。

やっぱりこの姉妹、とても仲がいいじゃないか。


コンコン、とユベルティナは副団長室のドアをノックする。

「失礼します、ロジェ副団長。お客様をお連れし……」

「ロジェ！」

ユベルティナの言葉が終わらないうちからダッと駆け出したのは、四女のアンヌだ。

書類から目を上げたロジェが、意外そうな蒼い瞳で金髪のアンヌを見る。

「アンヌ姉さん。どうしてここに……」

「アンヌだけじゃないわよ～」

続いて部屋に入ってきたのは長女カトリーヌで、口をへの字に曲げた黒髪の三女マリーが続く。

「まったく、アンタって子は。返事もよこさないなんて、人の手紙読んでないわけ？」

三人の姉たちが、本に囲まれた広い副団長室に入ってきたのを見て、ロジェが首を傾げる。

「……？　三人か。ジャッキー姉さんは仕事ですか？」

「ジャクリーヌならここに来る途中でここの騎士団の訓練に飛び入り参加したわよ。『足りない鍛錬を補わなきゃ……』とか深刻そうな顔で呟いてたわ」

「ジャッキー姉さんは相変わらずなんですね」

「ちょっと、私の質問に答えなさいロジェ。アンタ、まさか手紙読んでないの？」

「……」

マリーの詰問に黙ったロジェの蒼い瞳が、言い訳を求めるようにユベルティナを見つめた。

いかにも、『こいつが読みました』とでも言いたげな瞳である。

ユベルティナは慌てて首を横に振った。

(それは言わないでください！)

個人に宛てられた家族からの親書を、その相手は読まずに他人が読んでいた……だなんて知られるのは、さすがにまずいだろう。

「なになに、補佐官ちゃんとアイコンタクトなんかとっちゃって。ひょっとして仲いいの？」

ロジェの視線に食いつくアンヌに、ユベルティナは作り笑いを浮かべた。

「えーっと……申し訳ありません、僕はその……お邪魔になるので席を外しますね」

「あら、ここにいて構わないのよ」

と長姉カトリーヌが有無を言わさぬ笑みをユベルティナに向ける。

「あなたはロジェの補佐官なのでしょう。ならば私たちになど遠慮せず、ここにいてくださいな」

「しかし、家族水入らずの場に僕のような他人がいるのは……」

「仕事中に押しかけてきたのは私たちですわ、どうぞお気になさらず。それに普段のロジェの様子なども聞きたいですしね～」

「……わかりました」

ユベルティナは小さく息を吐くと、とりあえず紅茶を出そうと準備をはじめた。

「――それで、ロジェ」

姉たちは来客用のソファーに座り、一通り近況報告をしあうと、長姉カトリーヌが改めて本題を切り出す。

「私たちが送った手紙、読みましたか？」

「……」

紅茶の準備をするユベルティナに執務机からロジェの視線が飛んでくるが、ユベルティナはつっと目を逸らして無視した。

ため息がひとつあり、ロジェの口が開かれる。

「……すみません。読んでいません」

「一通も？」

「あのですね、姉さん方」

カトリーヌの問いには答えず、ロジェはため息をつく。

「私が騎士団の仕事で忙しいことくらい知っているでしょう。なのにあんなにたくさんの手紙を送ってこられても困ります。読む暇なんてあるわけないですよ」

「なによそれ。まるで私たちが暇みたいじゃない」

「実際暇でしょう」

「忙しいわよ――騎士団のお仕事があるジャッキーはね」

カトリーヌが肩をすくめて言えば、それに食いついたのはマリーである。

「ちょっと、なにその言い方。私だって忙しいわよ！」

「そうそう。マリー姉さんは寄ってくる結婚希望の男どもをちぎっては投げちぎっては投げに忙しいもんねー」

アンヌが茶化すように言うと、マリーは腕を組んでふんと顎を逸らした。

「そうよ、私は人を見定めるのに忙しいのよ。そういうアンヌは騎士やら兵士やら冒険者やらの追っかけで忙しいみたいですけどっ」

「それがなにか？　今日はこっちのお城で推し騎士様の模擬試合、明日は推し冒険者様が街にやってくる！　って毎日がイベント続きなの。男を見定めるだけのどっかのご令嬢とは違うのよね～」

「なんですってぇ!?」

「こらこら、こんなところで喧嘩しないの」

カトリーヌにたしなめられたふたりがぷいと顔を逸らし合うのが、もはや様式美に見えてくるユベルティナである。

「……それで？　姉さん方、わざわざこんなところまで来て弟が手紙を読んでいるかどうか確認して、ご満足いただけましたか？」

「確認しにきただけじゃないわよ～」

とカトリーヌはにっこりと微笑み返した。

「私たちはね、あなたの人生の舵取りをしに来たのですわ」

マリーも腕組みをしてロジェに向き直った。

「アンタね、私の認めた人じゃないと許さないんだからね！」

「私の推しも入ってるからそのつもりで選んでねっ！」

三人の視線がロジェに集中する。

ロジェは少しの間沈黙していたが、やがて目をぱちくりさせて疑問を口にした。

「姉さんたち、なにを言ってるのですか？」

「もうっ、鈍いわね。そんなだからダメなのよ。ああもうっ、手が焼けるったらっ！」

「まぁまぁマリー。あのね、ロジェ。私たち、縁談を持ってきたのよ」

カトリーヌの言葉に、ロジェも——そしてユベルティナも息を呑む。

え、縁談……!?　縁談って、つまり、結婚相手を紹介しに来た、ということ……？

ロジェが慌てたように声を上げる。

「話がいきなりすぎてついていけませんが！　どういうことなんですか、いったい」

「もう。さんざん手紙に書いたでしょ？　推しの女性は見つかりましたかって」

「アンヌの言う通りですわ。あなたももう二十二歳なのよ。いつ悪い虫が寄ってきてもおかしくないでしょうに」

「そうよ。だから悪い虫がつく前に、私のお眼鏡に叶った令嬢と結婚させるの。そうすれば万事つつがなく運ぶでしょ」

「姉さんたちのお手を煩(わずら)わせることなどありません。悪い虫は自分で切り捨てます」

「それはそれで問題なのですわ。あなたの場合、いい虫まで片っ端から叩っ切りそうなんですもの」

はぁ、とため息をつきながらカトリーヌが言うと、ロジェは大真面目に頷く。

「虫は虫ですからね。いいから私のことは放っておいてください」

「そういうわけにもいきませんのよ～。あなた、自分の立場をわかっているんですの？　将来的に公爵位を継ぐのはあなたなのよ？」

「……だからなんだというのですか」

「私たちがお嫁に行ったあとのランクザン家を守るのは、あなたの役目ということです。あなたが妻を娶り子をもうけるの。これは公爵家にたったひとりの男子として生まれたあなたの義務よ？そこをしっかりとわきまえなさい」

「……」

黙り込むロジェに、マリーがふんと顎を上げ、言い放つ。

「人を見る目のないアナタのことだもの、出会いがないのは仕方ないわ。だからこの私が素敵な出会いをプレゼントしてあげるって言ってるの。感謝しなさい」

「いえ、だからそれはやめてくれと……」

「私だって負けてないんだからねっ！　推し活で鍛えたこの目が火を噴くわよぉ！」

「ですから、待ってください！　別に私は、そんなもの求めていま――」

「私もちょうどよさげな子を見つけましたのよ。ですからぜひ紹介させていただきたくて。そうそう、ジャクリーヌも部下の女性騎士にひとりいい子がいるから会わせたいと言っていましたわ」

つまり、手紙を出しても反応がないロジェのもとに直接押しかけてきて、姉妹それぞれが結婚相手を紹介しようというのである。

「迷惑です。私は結婚などする気はありません。即刻帰ってください」

「まあまあ、そう言わずに。とりあえずお相手のお名前だけでも聞いてみませんこと？」

「そうよ？　私が認めた相手なのよ。とっても素敵な令嬢なんだからね！」

「ぜったい推せるから！　会うだけ会ってみてよ、ロジェ！」

「あのですね、姉さん方……」

(縁談……！)

紅茶を用意しながら、ユベルティナは動揺していた。

確かに姉たちの言う通りなのだ。ロジェは二十二歳、これから結婚適齢期に入る。

しかもロジェは公爵家の跡取りであり、いずれは公爵を継がなければならない男である。

いつかは誰かと結婚することになる、それは避けようのない事実だ。

けれど、それを想像しただけで胸が騒ぐのはなぜだろう。十年後には、ロジェの隣に見知らぬ美しい令嬢がいて、しかも可愛い子供までいるかもしれない、だなんて……

ロジェははぁっとため息をつくと、切れ長の蒼い瞳で姉たちを睨みつけた。

「あのですね。職場ですよ、ここは。なにを考えているんですか」

かなりの迫力を持つ極寒の視線なのに、長姉カトリーヌはやれやれという様子で肩をすくめ、ため息をつく余裕を見せた。

「アナタを捕まえられるのはここくらいでしょう。家には帰ってこないし、手紙を出しても返事はよこさないし、騎士団本部に問い合わせても教えてくれないんですもの」

「だからといって職場に来るなんて、非常識です」

「逃げ回るあなたが悪いのよ。ねえ？　お若い騎士さんもそう思うでしょ？」

ちょうど紅茶を淹れ終えてトレイに乗せて運んでいたときに、カトリーヌから急に話を向けられ、ユベルティナはびくりと肩を震わせる。

「えっ、あの……！」

「彼は騎士ではありません、騎士候補生です」

「もう、細かいわねぇ。そう、あなた騎士候補生さんなの。どうりで可愛い顔をしていらっしゃると思いましたわ～」

「うんうん、推せるわぁ」

目をキラリと輝かせたアンヌがずいっと身を乗り出し、ユベルティナの顔を下から覗き込む。

「今度一緒に遊びに行かない？」

「え、えっとぉ……」

苦笑いするユベルティナ。

ロジェを女嫌いにさせた張本人たちであろう、彼女たち。そのかなりの押しの強さに、ユベルティナもたじたじである。

「姉さん方、私のユビナティオに手を出さないでくださいますか」

慌てたようなその言葉に、ついドキッとしてしまう。

私のユビナティオ、と。そう言ったのだ、このロジェ副団長は。

……もちろん他意はないとわかってはいるのだが……

だが、ロジェの姉たちはハッと息を呑んだ。そして一様に顔を赤くしてわめき出す。

「きゃっ、聞いた今の。俺のユビナティオに手を出すな、ですって！」

「はしゃぎすぎですわよアンヌ。そう、あなた……ユビナティオさんっておっしゃるのね」

「はい、ユビナティオ・ルドワイヤンです。よろしくお願いします、お姉さま方」

「「「………」」」

三人の姉たちはそろって沈黙すると、互いに目配せをはじめる。

「――ロジェ」

「なんですかカトリーヌ姉さん」

「あなたの気持ち、わかりますわ～」

「は？」

「どうしよう！　ヤバいわ！」

切羽詰まったような声を上げたのは末妹アンヌである。

「これは推せる！　マジ推せる！」

「いいえ！　推せないわ！」

アンヌの言葉に噛みついたのは三女のマリーだ。

「私の大事な弟を！　よく知らない男に任せられるわけないでしょ！」

「でもねマリー、ロジェが選んだ人なのよ？」

「選んでませんが」

冷静なロジェの突っ込みが入るが、姉たちは聞く耳をもたない。

「私はね、別に男だとか女だとかそういう小さいこと言ってるんじゃないの。私の眼鏡にかなう人じゃなきゃロジェは任せられない、って言ってるの！」

「と、とりあえず紅茶をどうぞ……」

来客用のソファーセットにティーカップを配っていくユベルティナ。

ユベルティナは意識していないが、その動作一つひとつは洗練されており、とてもではないがただの騎士候補生とは思えないほど優雅であった。

普段は隠している貴族令嬢としての癖が、気難しそうなマリー相手に発揮されたのだ。

「紅茶ごときで懐柔（かいじゅう）される私じゃないんだからね！」

マリーはつんとそっぽを向く。

ロジェはむっつりとした表情のまま、執務机で自分に供された紅茶に口をつけた。

「別に飲みたくなければ飲まなくていいですよ。紅茶は下げますから」

「まあまあ、せっかくだからいただきましょうよ」

カトリーヌがなだめるように言うと、マリーは渋々カップに砂糖を入れて手にとった。

「……美味しいわ」

「ほんと。いい香りねぇ」

「紅茶淹れるのうまい男子はモテるわよ、ユビナティオくん！」

「ありがとうございます」

ユベルティナはにっこりと微笑みを浮かべる。紅茶の淹れ方には少々自信があった。ユベルティナ自身、紅茶が好きで、淹れ方をメイドに習ったことがあるのだ。

「それにしてもロジェったらこんな可愛い子を捕まえて。やるじゃないの」

「別に捕まえたわけではありません。ただの部下です」

（ただの部下なんだ……）

真面目に否定するロジェに、ユベルティナの胸がちくりと痛む。

「まあ……、そうね……」

黒髪のマリーはなにか考え込むような仕草をすると、やがてぽつりと呟いた。

「ロジェ、アナタにしてはなかなかやるじゃないの。頑張りだけは認めてあげてもいいわね」

「やだマリー姉さん、紅茶ごときで思いっきり懐柔されてるじゃない」

「違うわよ！」

アンヌのからかいに真っ赤になって反論したマリーだったが、ちらり、とユベルティナを見た。

「……」

「？」

ユベルティナが首を傾げると、マリーはしっかりとユベルティナの目を見て、言った。

「……ユビナティオくん、だったわね」

「はい」

「あなた、ロジェのこと好き？」

「え!?　えっと……」

直球の質問に、心臓が裏返りそうなほどドキッとした。

好き……、というか。普段見る厳しい顔は嫌いじゃないし、たまに見せてくれる優しい顔にときめくものもあるが……、それが好き、という感情なのかどうかはわからない。嫌いではないことは確か……だと思うのだが。

顔を赤くして固まるユベルティナに助け船を出したのは、ロジェだった。

「マリー姉さん！　悪ノリしすぎですよ。ユビナティオが困っているでしょうが！」

「なによ。『私のユビナティオ』とか言い出したのはあなたでしょ！」

「彼は大切な部下ですからね。姉さんたちから部下を守るのは、彼の上司たる私の役目です」

「ちょっと待ちなさい、ロジェ。それどういう意味？　まさか私がユビナティオくんに手を出すとでも思ってるわけ？」

「そういう意味ではなくてですね……。まぁそんなことしたら姉さんでも許しませんが」

「つまり、『私のユビナティオに手を出すな』って言ったのは本気ってこと？」

「……」

たたみかけるようなマリーの質問に無言になったロジェの顔を見て、アンヌとカトリーヌがにんまりと笑みを浮かべた。

「あらー、お熱いわねぇ」

「そういうんじゃないです」

「もういっそ結婚すればいいんじゃないかしら」

「ユビナティオは男ですよ？」

「こんな可愛い男の子が義弟になるなんて、推し活史上最大の幸甚(こうじん)!!」

「人の話は聞いてください、姉さん方」

ロジェは呆れたように首を振ると、ユベルティナに向き直った。

「すまんなユビナティオ、うちの姉たちが」

「い、いえ。大丈夫です」

ドキドキしながら答えるが、冷静に考えてみると、確かにこんな姉たちと一緒に育てば女性が嫌いにもなるだろう、と思うのだった。

人の話は聞かないし、自分の都合を押しつけてくるし。

そんな姉たちからユベルティナを守ろうとしてくれるロジェの気持ちが嬉しかった。

だが。

（そうだ、これはただうるさい肉親から、他人であるわたしを守ってくれているだけ……）

決して他意はない。『私のユビナティオ』という、ロジェの発言には。

当たり前だ。ロジェにとって、ユベルティナは部下の騎士候補生に過ぎないのだから。

その事実が、妙に寂しくユベルティナの心を揺さぶった。

「……私たちがお呼びじゃなかったってことは、よくわかりましたわ」

と、カトリーヌは肩をすくめてみせた。

「残念だけど、ロジェにはもう決まった相手がいるのですものね」

「ですからそういうことではなくてですね」

ロジェの言葉など聞かず、マリーが身を乗り出してこそこそと話す。

「でもどうするのよ、あの件は。あの方がおとなしく引き下がるとは思えないわよ？　言っちゃなんだけど私たちと同じくらいお節介なんだからね、あの方」

なんの話をしているのやら。

というか三女マリー、自分たちがお節介だということは自覚していたのか……

「アレクシス殿下のこと？　それなら大丈夫よ。私からひとこと言っておきますわ」

「うん、それがいいと思う。カト姉の話なら聞くでしょ。アレクシス殿下の男の友情も推せるけど、ロジェにはロジェの事情ってものがあるものね」

姉たちの不穏な会話に、ロジェの形のいい眉がぴくりと動いた。

「なんですか、あの件というのは。アレクシス殿下が一枚噛んでいるのですか？」

「大したことじゃありませんわ」

「大したことがなくとも、一応聞いておきたいのですがね」

眉間にしわを寄せるロジェに、カトリーヌが答える。

「どこかの騎士団にね、女嫌いの堅物副団長がいるんですって。アレクシス王子殿下はその人物をいたく心配されて、近くピクニックに連れ出すおつもりらしいわよ。その堅物副団長に紹介するために、可愛らしい女の子たちをお連れになってね。まあつまり、集団デートってことね」

「集団デート？」

心底嫌そうな顔をするロジェ。

「あら、相手は王族ですことよ？　あなたが嫌がっても巻き込まれますわよ、王族が正規ルートで騎士団に副団長を護衛につけてくれと頼んでくるのですから」

「まあ……それは確かにそうですが……」

「でもお任せなさいな、ロジェ。姉さんがなんとかしてあげます」

カトリーヌはそう言うのと同時に立ち上がった。

「それでは、私はこれで失礼いたしますわ。これから忙しくなりますので」

「もう二度と騎士団に押しかけてこないでくださいね」

「それはアンタの心がけ次第ね。手紙くらいちゃんと読みなさいよ！」

マリーも立ち上がりながら言う。

「そんな暇ありませんので」

「じゃ～ね～、ユビナティオくん。ロジェのこと任せたわよ。よろしく～」

「はっ、はい！　わかりました！」

アンヌの挨拶に、思わずピシッと背筋を伸ばすユベルティナである。というか……お姉さんにロジェのことを頼まれてしまった。

「違いますよアンヌ姉さん。私がユビナティオを任されているんです」

「熱いわねぇ」

「違います」

「さ、ジャクリーヌを途中で拾っていきますわよ。騎士団の訓練に飛び入り参加しているはずですからね」

「放っておかない？　そのほうがジャッキー姉さんのためになる気がするんだけど」

マリーが肩をすくめながら言うと、カトリーヌが苦笑して返す。

「そうねぇ。思う存分訓練させてあげるのがジャクリーヌのためかしら……」

さえずりながら嵐のように去っていく三人を見送って、ユベルティナは思った。

（やっぱりロジェ副団長の女嫌いの原因って、お姉さま方だよね……）

「ユビナティオ」

「はっ、はい」

ふたりきりになった静寂の副団長室──、ユベルティナはロジェに呼ばれて思わずドキッとしてしまう。

「……ユビナティオ、君は私の部下だ。そして私は君の上司だ」

「はい」

「だから、君も私にとっては部下であり、部下であるということは、その、なんだ、……部下であるということは、部下であるということだ」

「え、あの……？」

「なんというか……。その、つまり……」

珍しく口ごもるロジェ。

「……姉たちの言うことを真に受けるなよ。私は男に手は出さない」

「は、はい」

「だがまぁ、おかげでアレクシス殿下のお節介は回避できそうだな」

ついと視線を逸らすロジェの頬は、心なしか赤く見えた。

「アレクシス殿下って、あの……王子様のアレクシス殿下ですよね。この国の王子殿下の」

「ああ。私の幼馴染（おさななじ）みでもある」

そういえば、アレクシス殿下とロジェ副団長は従兄弟同士だった。小さいころから付き合いがあったとしてもおかしくない。

ロジェははぁっとため息をつき軽く頭を振った。

「あの方は昔からいつも女性のことばかり考えているし、私にもそれを当てはめようとしてくる。……君にだけ言うが、正直、苦手だ」

「え……？」

「お節介なんだ、すごくな。だが君のおかげでそれもなくなりそうだ。それは礼を言う」

眼を逸らしたままぶつくさと呟くロジェは、いつもとは違ってどこか幼く見えた。気苦労の多さが彼をこうさせてしまうらしい。

「さて、仕事だ。ハーブ畑のデータをノートにとってきたんだろう？　すぐに書類にまとめてくれ」

「はいっ！」

ユビナティオは元気よく返事をして、自分の執務机に向かう。

だが途中で立ち止まり、振り返った。

……そういえば、自分はまだ礼を言っていない、と気づいたから。

「あの、ロジェ副団長」

「なんだ」

「ありがとうございました」

「…………どうということはない。厄介な姉たちから部下を守るのは……私の役目だからな」

ロジェはぶっきらぼうに言い放つ。

――こうして。騎士団生活一週間目の終わりは、姉たちの来襲がありつつも、ロジェとの距離が縮まりつつ過ぎていった……

第三章　女嫌いとピクニック

騎士団生活、二週目がはじまったその日。

「と、いうわけで」

ロジェは執務机から顔を上げると、ユベルティナを見た。

「アレクシス殿下主催のピクニックの護衛をすることになった。君も護衛に入ることになる、ユビナティオ」

「え？　でも……」

二重の意味で驚いてしまうユベルティナである。

ユベルティナには護衛ができるほどの剣の腕はない。というか騎士団から剣の支給も受けていないのだ、騎士候補生だから。そもそも、ピクニックはしなくていいという話ではなかったのか？

「仕方がない。アレクシス殿下直々（じきじき）の命令だ」

頭が痛そうに額（ひたい）に手をやり、ため息をつくロジェ。

「カトリーヌ様はアレクシス殿下の計画を止めるおつもりだったようですが、失敗してしまったということでしょうか？」

「伝え方が悪かったのだろう」

「伝え方……？」

ユベルティナが首を傾げると、ロジェは疲れたように息を吐いた。

「私の部下にとても可愛い男の子がいると。だからもう女性の紹介は必要ありませんと。そういう伝え方をしたんだろうな、あの姉上は」

口元は笑っているが、目はまったく笑っていない。むしろ怖い。相当お疲れのようである。

「……つまり、だ。アレクシス殿下は、君に興味があるというわけだ。より正確に言うならば、私が愛している――ということになっている君に興味があるんだ」

「あ、愛している……!?」

ボン！　と音がするかのように、ユベルティナの顔は真っ赤になってしまう。

「そんな……、わ、僕、そんな、ロジェ副団長っ……」

『わたし』と言いかけて慌てて言い直すユベルティナに、ロジェは頷く。

「そうだ。事実は違う。だが姉さんたちはそう勘違いして、それを正す前に部屋を出ていってしまった」

「その勘違いをそのままアレクシス殿下に伝えちゃったんですね」

ユベルティナの言葉に首肯しつつ、ロジェは眉間を揉みほぐした。

「まったく、とんでもないことをしてくれたものだ。姉さんの話を聞いたアレクシス殿下はすっかり乗り気になってしまったのだろうな……。あの堅物ロジェの心を射止めた男がどんなやつか見てみたい、ついでにみんなでピクニックをしよう、と……」

「でも、それならアレクシス殿下の誤解をとけばいいだけではないでしょうか。そのためにもピクニックに行って、直接……」

言いかけて、止める。ピクニックに行きたくない人に、結局ピクニックを勧めてしまっている自分に気づいたからだ。

「私は女は嫌いだが、かといって男が好きだというわけではない。まずそこは理解しておいてくれ」

と前置きし、ロジェは話を続ける。

「確かにこの騎士団は女子禁制、ゆえにありあまる性欲を手近なところで満たそうとする者もいるにはいる」

ドキリとする。女子禁制という言葉に。

……女子禁制であるはずの王立賛翼騎士団に騎士候補生として潜り込んでいる自分が女性だ、という事実に……

あとついでに『性欲を手近なところで満たそうとするやつもいるにはいる』という事実にも。

だがこちらは特に関係ない、と思った。なにせ自分の正体は女なのだ。どう頑張っても自分には関係がない話ではないか。

「節度を保ち、騎士として正しく生きていく覚悟がある上での恋愛ならば、私はそれについてなにも言わない。それは個人が負うべきものだ。だが私自身は男が好きというわけではないし、そもそも性欲に振り回されるような愚かな人間でもない」

その言葉にほっとする自分がいた。ロジェが男が好きだろうが女が好きだろうが、他の団員たちに感じたのと同じように、自分には関係がないはずなのに……。

ロジェの愛の対象が少なくとも同性ではないということが、不思議とユベルティナに安堵をもたらすのである。

そのユベルティナの反応をどう受け取ったのか、ロジェはついっと視線を逸らした。

「君のことは私が常に眼を光らせている。君に手を出す不届き者はいないはずだから、そこは安心してくれ」

どうやら、ほっとしたユベルティナの反応をなにかと勘違いしたらしい。

だがとにかく、王立賛翼騎士団の団員たちがユベルティナに手を出さないように睨みをきかせてくれているのだ。

まさかそういう形で自分が守られていたとは知らなかったユベルティナは、ロジェの優しさを嬉しく思う反面、申し訳なくもなった。

だって、自分は女だから。

「そうだったのですか。ありがとうございます、ロジェ副団長」

「礼などいらん。上司として部下を守るのは当然のことだ」

ロジェはぶっきらぼうに言うが、その心根はとても優しいのだということを、ユベルティナは知っている。

「とにかく、そういうわけでアレクシス殿下からのご指名だ。君にも一緒に来てもらうぞ」

結局そうなるよね……、とユベルティナは苦笑する。

「でも護衛って。僕、文官ですし、剣なんて持ってないんですが……」

ユベルティナは騎士団から剣を支給されていない。そもそもまともな訓練もしていないから急に持たされても危ないだけである。

「それは私がフォローする。とにかくこれは王子殿下が騎士団に下された正式な命令なんだ。それは心しておいてくれ」

「……はい、かしこまりました」

候補生とはいえ王立騎士団の一員であるユベルティナに拒否権はない……ということである。

「でも……、ピクニックなんて、なんだか楽しそうですね！」

不安はあるが、ピクニックという行事自体は楽しいものである。しかも王子殿下の主催だ。

「きっと、ものすごく豪華なピクニックになるんでしょうね！」

「どんなピクニックになるのかは、資料を渡しておくから読み込んでおくように」

と分厚い紙の束を渡される。ずっしりと重い。

「『アレクシス殿下ピクニック護衛計画』……」

思わず表紙の文字を読み上げるユベルティナ。

「とはいえ君の仕事はあくまでもアレクシス殿下の話し相手だ。……そう思っておいてくれ」

「かしこまりました」

とりあえず、ピクニックだ。

景色のいい場所で、美味(おい)しいものを食べて、楽しくおしゃべりする。思い描くだけで心が爽やかになる、晴れやかなひととき。しかも、隣にいるのはロジェ副団長で——

くすりとユベルティナは笑みをこぼした。

アレクシス殿下には、ロジェと自分はそういう仲ではないのだと直接言ってしまえばいいだけだし、あとはピクニックを楽しめばいい。なかなかの役得といえる。

しかも、姿を見たこともないアレクシス殿下と直接お会いすることができるのだ。

アレクシス殿下とは、いったいどんな人なのだろう。ちゃんと、人の話を聞いてくれる人だったらいいのだが……

とにかく。いろいろな思惑(おもわく)が重なるピクニックだが、とりあえず楽しまなきゃ損である。

——そして、ピクニック当日。

「わー、綺麗！」

ユベルティナは清々(すがすが)しい空気の中、思わず歓声を上げた。

目の前には大きな湖が、昼下がりの陽を受けてキラキラと輝いている。

王都を出てすぐの森の開けた場所。馬車を降りるとすぐ、この景色が広がっていたのである。

風に乗ってくる水の匂い。空気は爽やか。木々のざわめき。

そして、視界いっぱいに広がる青い空——！

「あ！　あっちに小鳥がいます！　あっ、あそこにリスもいますよ！　可愛い〜‼」

はしゃぐユベルティナの隣で、ロジェが呆れた顔になっている。

「私たちは遊びにきたのではないぞ」

「遊びに来たんだよ」

後ろから令嬢たちを侍らせてやってきたのは、金髪碧眼の王子様、アレクシス・レスベルアンだ。

「こんなときなんだからさ、お前もそのかわいこちゃんみたいにはしゃいだらどうだ？」

「これは仕事です。だいたいかわいこちゃんとは誰のことですか？　ユビナティオのことをおっしゃっておいでなのでしたら、私はあなたとは違って彼をそんな目では見ておりませんので」

「つまんねぇやつだなぁ」

肩をすくめるアレクシス。

「ほんとに好き合ってるのかよ？」

「それは姉の誤解だということは、馬車の中でさんざんお話ししたはずですが」

「へいへい」

ため息をつくロジェに、アレクシス王子が苦笑いする。

最初、アレクシスはニヤニヤしながらロジェにいろいろと聞いてきたのである。……もちろん長姉カトリーヌが話したことを確かめるために。

だがロジェは終始冷静に冷淡に対応し、情報を訂正していった。

つまり、目的である『アレクシス王子の誤解をとく』はすでに達成されているのである。

というわけで、あとはピクニックを楽しむだけ——というわけにもいかなかった。ロジェの言う通り、自分たちは王子の護衛としてここにいるのだ。

「けどさぁ、まぁお前の姉さんが勘違いするのもむべなるかなって感じだぜ、この少年騎士はよ」

「騎士候補生、です」

「へいへい」

ロジェの訂正にアレクシスが面倒くさそうに手を振る。

「とにかく可愛い。ほんとに男かと疑うくらいだ。ロジェじゃなくても惚れちゃうよな」

ドキリとすることを言う王子様である。まさか、女だと疑われているのだろうか？

「ですから、惚れているわけではないと——」

「お前の話はいいんだよ。なぁ、ユビナティオ」

「……お褒めいただきありがとございます、アレクシス殿下」

頬が引きつりそうになりながらもぎこちなく笑顔を向けてみると、アレクシスはニカッと笑って返した。

「おっ、いいねぇ。やっぱかわいこちゃんには笑顔が似合うぜ。でももうちょっと自然な笑みのほうが俺は好みかな」

「ねー、殿下ぁ」

鼻にかかった女性の声がふたりの間に割って入ってきた。王子が侍らせている女性のひとりである。パラソルを手にした彼女は、派手なドレスと高く盛った髪で着飾っていた。

「そんな騎士のことなんか放っておいてぇ、わたくしとお話ししましょう？」

「えー、殿下とお話しするのはわたくしですわよ〜」

「いえわたくしですわ！」

令嬢たちが次々にアレクシスに詰め寄っていく。その中でも一番積極的らしき最初のパラソルの令嬢が、アレクシスの腕にしがみついてわざとらしくしなだれかかった。

「そんな作り笑顔もできないような騎士候補生さんよりも、わたくしの笑顔のほうが何倍もよろしくってよ？」

なんて嫌みったらしく睨（にら）んでくるではないか。

（あらあら……）

ユベルティナは内心苦笑した。

令嬢たちのお化粧を見るに、今日は相当気合いを入れている。当然だ、王子殿下に取り入るチャンスなのである。

そこに現れた、男にしては妙に可愛い騎士候補生にライバル心を燃やしたとしても、仕方のないことだった。なにせ先ほどからユベルティナの話題ばかりで、令嬢たちがほとんど蚊帳（かや）の外なのだ。

まぁ、邪魔なら邪魔で、自分は身を引いていよう、とユベルティナは思った。

アレクシス王子の話し相手、という役割はこなせなくなるが、話し相手なら令嬢たちがしてくれるはずだ。令嬢たちが仕事を代わりに引き受けてくれるのだから、ある意味ラッキーといえる。

「じゃあ、僕はテーブル設営のお手伝いをしてきますね」

と使用人たちが馬車から荷物を運び出しているほうに向かおうとしたところ、後ろから声がかかった。

「ユビナティオ」

振り向くと、ロジェがこちらに歩いてくる。

「私も手伝う」

「ありがとうございます、ロジェ副団長」

とふたりで並んで馬車へ歩き出すと、例のパラソル令嬢が今度はロジェに声をかけた。

「副団長さまはこちらにいてくださいませんこと？」

「そうですわ、わたくしたち、あなたとはお話ししたいのですわ」

「ロジェ副団長さまって、アレクシス殿下とは幼馴染み(おさななじ)なのでしょう？　小さいころの殿下のお話、聞きたいですすわぁ」

令嬢たちが次々とロジェを引き留める。

（……まぁ、そうだよね）

ロジェは背が高いし身体つきもスラリと引き締まっている。顔だって類を見ないほど整っているし、しかも公爵家出身かつ王立騎士団の副団長という立派な肩書きだ。アレクシス王子殿下に次いで取り入りたい男性であろう。

しかしロジェは首を横に振った。

「彼は私の部下です。放っておくことはできません」

そう言ってユビナティオと一緒にその場を離れようとするロジェ。

「でもぉ。ここって魔物が出るんですわよぉ？」

おお怖い、とわざとらしく身をすくめ、例のパラソル令嬢が声をひそめた。

「怖い怖い魔物が出ると聞いておりますわぁ」

「ここの魔物たちはおとなしいですよ。王都に近いので定期的に討伐が行われていますから」

「出ることは出るんですわよね？」

「人の顔を見れば逃げていくような小物しかいません」

「でも、出ることは出るんですわよね？」

「……はい」

押しの強さに、不承不承、という様子で頷くロジェを見て、パラソル令嬢は得意げに笑う。

「そんなことを聞いてしまったら、怖くて怖くてたまらなくなってしまいましたわ！　あなたはここにいてわたくしたちを守ってくださいません？　雑用ならそちらの騎士見習いさんにでも任せてしまえばいいのです……わ……」

しかし、その言葉は尻つぼみに小さくなっていき、やがて途切れてしまった。

「……」

ロジェが、見たこともないほどの冷たい目で令嬢を見ていたからだ。

「あぁん殿下ぁ、あの方怖いぃ」

ロジェの鋭い眼差しに射すくめられた令嬢は、ここぞとばかりにアレクシスの腕に抱きついた。

それどころか殿下に侍る他の女性たちまで、次々に顔を青くしてアレクシスにしなだれかかる。

「すっごい眼で睨まれましてよ、わたくし」

「本当に誉れ高き王立賛翼騎士団の副団長なのかしら。信じられませんわねっ」

口々に非難の声を上げる彼女たち。

「おお、よしよし。怖かったな」

アレクシスは女性たちをなだめるように肩を抱き寄せた。

「ああ、殿下ったら優しいわぁ」

「あんな失礼な騎士と違って」

「殿下はいつも優しくしてくださいますわ」

そんなふうにアレクシスの腕の中で甘えるように体をすり寄せながら、彼女たちはチラリとロジェを見やった。

それは勝ち誇ったような表情だった。

(あーあ……)

ロジェまで敵対視されてしまった。

まぁ、無理もないだろう。ロジェが放った氷のような殺気をまともに受けてしまったのだから。

むしろ、あの視線を受けてこれだけかわいこぶれるのもすごい。

それにしても、本当に冷たい視線だった。普段から無愛想ではあるが、根は優しいロジェなのに。

(……ロジェ副団長は女嫌い、か)

ユベルティナはひとり、納得する。

女であることを武器に男たちを手玉にとろうとする令嬢たちに、一方的に巻き込まれたのである。

――それはロジェが一番嫌いなことだというのに。

姉たちに植えつけられた女性への嫌悪感が、彼の中で大いに鎌首をもたげていることだろう。

「おお、優しい俺が護衛騎士に命ずるぞ」

令嬢を侍(はべ)らせながら、アレクシス殿下がやけに真面目な顔で宣言した。

「令嬢たちは俺が守ろう。お前らは希望通り設営の手伝いをしてくれ、いいな」

ぱっちん、などとウインクしたところを見ると、これが彼なりの場の収め方らしい。

ロジェとユベルティナはそれぞれ礼をしてその場を離れる。

歩きながら、ユベルティナはロジェを見上げた。

ロジェの顔色は、まだ険しい。眉間に深いしわを寄せて、なにか言いたそうに前の空間をじーっと睨(にら)みつけている。

「副団長、大丈夫ですか？」

ユベルティナがロジェに声をかけると、彼は我に返ったように瞬きした。

「ああ、……すまん」

「いえ、お気になさらず」

とユベルティナが首を振ると、ロジェは苦い顔をして忌々(いまいま)しげに呟いた。

「これだから女は嫌いなんだ。自分の思い通りの反応がないとすぐ人を悪者扱いする」

そんな彼に、ユベルティナはくすりと笑みをこぼす。

「なにがおかしい」

「だって、あの令嬢たち……、ロジェ副団長の想像通りだったんでしょう？」

「そうだが。それがなにか？」

「それなら副団長は逆に、あの令嬢たちを好きにならないといけないんじゃないかな、と思いまして。だってロジェ副団長の思い通りの反応をしてくれたんですからね」

ユベルティナの言葉にロジェが一瞬黙り込む。

そして少し考え込む素振りを見せたあと、ぽつりと呟く。

「……どうだろうな」

口元が、少し笑っている。

そんな話をしながら、ふたりは馬車へ歩みを進めていった。


テーブルクロスを広げ、ナイフとフォーク、それにティーカップを並べ、椅子も配置し終えて。

ユベルティナは、満足げに息をついた。

「これで完成ですっ」

「ほう、なかなかセンスがいいじゃないか」

そんな感心したような声とともにアレクシスが近づいてくる。

「恐れ入ります、アレクシス殿下」

「こちらこそありがとうな、ユビナティオ。それにロジェも。騎士のお前らにテーブルまで用意させちまってよ」

「お役に立てて光栄です、アレクシス殿下」

「これも仕事ですので」

ユベルティナは微笑んで返したが、ロジェはそっけない。

アレクシスはひとつ頷き、湖の波打ち際できゃっきゃとはしゃいでいる令嬢たちを振り返った。

「おーい、用意ができたぞ！　みんなでお茶にしようぜ！」

「「はーい！」」

令嬢方が元気よく返事をする。

「では、私はこのあたりで失礼いたします」

とロジェが踵(きびす)を返したところで、アレクシスが彼の腕を掴んだ。

「こら、どこに行くつもりだ」

「私は護衛騎士ですので。周囲を偵察してまいります」

「この辺の魔物はおとなしくて、襲(おそ)ってきたりしないんだろ？」

「はい。ですが先ほど、スライムを一匹見かけましたので……。念のため見回りをしたいのです」

「ふぅん……」

アレクシスはロジェを見つめたままニヤリと笑う。

「わかった。行ってこい」

ロジェは「感謝します」と短く答えると、そのまま森のほうへ歩を向ける。

「あ、副団長！　僕もお供しますっ」

ユベルティナが慌てて追おうとすると、ロジェはチラリと背中越しに振り返った。

「君は君の仕事をしてくれ。殿下の話し相手を頼む」

そう、今回のユベルティナの仕事はアレクシス殿下の話し相手である。

それを持ち出されると、ユベルティナも強く出られなかった。

「……かしこまりました」

ユベルティナが了承すると、ロジェは素早く森の中に入ってしまった。

アレクシスがふぅっと息をつく。

「女嫌いだからなぁ、あいつは。まったく、女のどこが嫌なんだか……」

「いえ、そうじゃなくて」

ロジェの背を見送り、ユビナティオはふぅっと息をついた。

「さっきのことじゃないでしょうか。令嬢方と一悶着あったでしょう？」

しつこく誘われたのを睨み返したロジェが女性たちに怖がられた、先ほどの一件。

「これからはじまる楽しいお茶会に自分がいたら空気悪くなる……と思ったのではないでしょうか」

「そんな気を回すようなやつじゃないぜ、あいつは。同席するのは息が詰まって嫌なだけだろう」

「そうでしょうか」

「ま、本人があそこまで言うんならそれでもいいさ。あいつはそういうとこ頑固だからな。適当に周囲の警戒でもしといてもらう。適材適所ってやつだ」

そう言って、自分は令嬢方のもとへ戻っていく。

ユベルティナはロジェの消えた森のほうへ視線を向けた。

(ロジェ副団長……)

彼はなにを思っているのだろう。

女性たちから離れられて、ほっとしている？　自分がいないほうが話が弾むだろう、と思っている？　それとも本当にスライムを警戒しているのだろうか……

「こっち来い、ユビナティオ」

背後から声をかけられ、ユベルティナは振り返った。

「お前も同席してくれよ。騎士団でのロジェの仕事ぶりを教えてくれないか？」

ロジェのことは気になるが、仕事は仕事だ。王子殿下の話し相手を務めなければ。

「かしこまりました、殿下」

ユベルティナは笑顔を浮かべると、ガーデンテーブルに歩いていったのだった。


「はぁ～、美味しいですわ～」

満足げな令嬢の声が湖のほとりに響く。

ガーデンテーブルの上にはティーセットと色とりどりのマカロンが置かれていて、それを各々好きなようにつまんでは口に運んでいた。

「こんなに素敵な景色の中でのお茶会、しかもこんなに可愛らしい騎士候補生さんとご一緒できるだなんて……」

「本当ですわぁ、今日は来てよかったですわ。殿下、お誘いありがとうございますぅ」

口々に感謝の言葉を述べる令嬢方に、アレクシスは「どういたしまして」と微笑んだ。粗雑なところが見え隠れする王子だが、こういうところは丁寧で品がある。さすが、王子様だ。

「それにしても、ユビナティオ様って本当に可愛いらしい方ですのね。ロジェ様が羨ましいですわ」

「えっ？」

ロジェの話をされ、ユベルティナの胸が小さく鼓動する。

「あら、そんなお顔をされて。ロジェ様とは、仲がおよろしいんでしょう？」

「仲がいいというか……、普通の、上司と部下の関係ですよ」

「でもロジェ様はあなたをとても信頼しているようですわよ」

「そうですわぁ。ユビナティオ様とおふたりで並んでいる姿を見ると、まるで本当の美男美女のカップルのようですわ」

本当の、美男美女のカップル。その言葉に、今度ははっきりとドキリとした。

……まさか、自分が女だと勘付かれたのではないか。

普段は騎士団の男たちしか相手にしていないからバレずに済んでいるが、同性である令嬢たちの目を欺くことは難しいのかもしれない。

「そ、それはどうも。でも僕、男ですから」

「存じておりますわ」

「でも、こうして見ると、ユビナティオ様って男性というのが不思議なくらいお可愛らしいですわよねぇ」

「ええ、まるで……」

じっ、ユベルティナにと集中する令嬢たちの視線。

「本当の女の子みたいですわ……？」

「あ、はは……、よく言われます……」

苦笑いしてみせつつ、ユベルティナは冷や汗を流した。

（うーん……困ったわね。なんとかしないと……）

確実に疑われているし、このままではいずれボロを出してしまうかもしれない。

しかし、いったいどうやってこの窮地を脱すればいいのか……

そのときだ。

「しかし遅いなぁ、ロジェのやつ」

アレクシス王子が、妙にはっきりと呟いた。

「もうマカロンもなくなってしまうぞ。これはうちのパティシエが腕によりをかけて作った逸品だから、ぜひロジェにも食べてもらいたかったんだがなぁ。誰かこれを森の中にいるロジェに届けてくれたりはしないものか……」

「あっ――、はい！」

少々あからさますぎる気はするが、アレクシスからのありがたい助け船である。

ユベルティナは勢いよく立ち上がり、アレクシスに向かって挙手した。

「僕が行ってきます！」

「ああ、そうしてくれるとありがたい。じゃあ、これを……」

アレクシスはマカロン数個をつまむとナプキンに包み込み、それをユベルティナに差し出した。

「ロジェに渡してくれるか」

「かしこまりました、殿下！」

「それから伝言も頼む。女嫌いもほどほどにしとけ、守りたい人がピンチになってるぞ、ってな」

「え……」

戸惑うユベルティナに、ぱっちん、と青い瞳でウインクしてみせるアレクシス。

「頼んだぞ、ユビナティオ」

「は、はい！」

ユベルティナはアレクシスからナプキンを受け取ると、ぺこりと頭を下げた。ついでに令嬢たちにもにっこりと笑いかける。

「それでは失礼いたします！　皆様はどうぞ、ごゆっくりなさってくださいね！」

そう言って、ユベルティナは駆け足でその場を離れていった。

アレクシスたちがいる湖から少し森の中に入ったところで、ユベルティナは足を止める。

「ふぅ……」

先ほどは、危なかった。あれだけカマをかけられたということは、あの令嬢たちは相当怪しんでいたはずである。

アレクシスが助けてくれなかったら、あのまま正体がバレていたかもしれない。

（殿下に感謝しないと）

それにしても、と思う。

（守りたい人がピンチになってる、か……）

ユベルティナは手の中のナプキンを見つめると、小さくため息をついた。

（……ロジェ様にとって、わたしは守りたい人だ……って殿下は思ってるってことよね……）

アレクシスの誤解はもうといたから、恋人として、ではないだろうけれども。

実際はどうであろうと、アレクシス王子にはそう見える、ということだ。そして、それはある意味事実なわけで……

騎士団の団員たちの好奇の目から、ユベルティナをこっそり守ってくれているロジェ。

今回、令嬢たちに女ではないかと疑われたのだって、ロジェがあの場にいれば守ってくれたかもしれない……

（待って待って。疑われたのはわたしの責任よ）

それをロジェに助けてもらおうだなんて、間違っている。

(わたしが頑張らないといけないのよ。自分で決めたことなんだからっ)

男装して騎士団に潜り込む、と決めたのはユベルティナである。

双子の弟ユビナティオの夢を守るために、二カ月の間、自分はユビナティオとして騎士団に在籍し、弟の席を守る。——そう決めたのは他でもない、ユベルティナ自身だ。

それをロジェに守ってもらおうだなんて、いくらなんでも虫がよすぎる。

「……よしっ!」

疑われた心細さから誰かを頼りたくなった気持ちを振り払い、ユベルティナは再び歩き出した。

「ロジェ副団長ー!」

心新たに声を上げながら、森の中へ分け入っていく。


「ロジェ副団長、ロジェ副団長〜!」

何度か木々の奥へ名前を呼んでいると、ガサガサ……と茂みをかき分ける物音がした。

ユベルティナは思わずほっとして、笑みを浮かべる。

「ロジェ副団長! こちらにいらっしゃったのですか。マカロンを……、っ!?」

ぽよん、と跳ねる半透明の薄緑色の物体が目の前に現れる。

それはロジェなどではなく、スライムだった!

(ス、スライム……!)

ロジェがスライムを見かけたといっていたが、あれは言い訳ではなく本当のことだったのだ。

――魔物の中でも弱いほうに分類される、スライム。

先ほどロジェも言っていた通り、王都近くの森であるここにもスライムはいる。それくらいポピュラーな存在である。スライムはとても弱く、自ら人間を襲ってくることはないとされていた。むしろ人間から逃げて回るほどの臆病者であるとも聞いていたのだが……

（えっと……どうしよう？）

そんな弱々しいイメージの相手とはいえ、ユベルティナは完全に固まった。戦う術を持たないユベルティナにとって、危険な魔物であることに変わりないのだ。

しかも噂とは違い、逃げずに向こうから出てきた。聞いていた話と違うではないか。

スライムを注視すると、薄い緑色の半透明な身体には目や口といったものはなく、ただつるんとした楕円形をしていた。大きさは大人の頭部より一回り大きい程度。それがふるふるとゼリーのように震えていて……なんと言っていいのかわからないけれど……可愛いかも？　と怖さも忘れて一瞬思ってしまって、慌てて首を横に振る。

（油断しちゃダメよ、ティナ！）

弱いとはいえ相手は魔物だ。ユベルティナは剣など持っていないなし、どうやって立ち向かえばいいのか。もっとも、剣があったとしても剣の修行など一度もしたことがない身でそれを振り回すのは、自分自身が危ないが。

一方相手のスライムであるが、こちらもまた戸惑っているらしく、ふるふると震えながらその場に留まったままである。

(逃げるつもりだったのに、間違えて出てきちゃった……とか？)

だとしたら、チャンスだ。戦わずに双方逃げられるかもしれない。

ユベルティナは意を決して、一歩後ろに足を引す。

すると薄い緑色をしたそのスライムは、ぷよっ、とその場で大きく身を震わせた。

ビクッとするユベルティナの前で、スライムはぐにゃりと歪んだかと思うと、次の瞬間ウサギのような姿に変形する。

「え……？」

驚いて目を瞬かせるユベルティナ。薄い緑色の半透明なウサギに変形したスライムは、その場でぴょんこぴょんこと飛び跳ねる。

まるで、「ボクは大丈夫だよ！」とでも言っているかのような動きだ。

(や、やっぱり可愛い……！)

弱いスライムが、小動物を模してぴょんこぴょんこと媚びを振りまく。その姿は、確かに可愛らしかった。

しかし、弱いとはいえスライムは魔物だ。警戒すべき相手である。

が……、またぐにゃりと変形したかと思うと、今度は猫の姿になったではないか。しかも仔猫だ。

仔猫の形をしたスライムは、前足で顔を洗いだす。

「ええと……？」

可愛い姿に、可愛い仕草。

このスライム。もしかして、ユベルティナに友好的なのだろうか？　それともこれは、こちらを油断させるための演技？　なにを考えているのだろう……？

スライムの様子にユベルティナが戸惑っていると、今度はリスの姿になった。

そして両手を口に持っていき、なにもないのにちょこちょこと口を動かしてなにかを食べるふりをしている。そうしながら、ちらりとユベルティナが持つナプキンの包みに視線を送ってきた。実際には目玉などない、うつろな眼窩（がんか）であるが。

そこで、ユベルティナはようやく気がついた。

（あっ、マカロンが食べたいんだ）

ちょこちょこちょこ、ちらっ。ちょこちょこちょこ、ちらっ。

何度も繰り返してアピールしてくる様子に、ユベルティナはくすりと笑みを漏（も）らす。

こんなに一生懸命なのだから、少しぐらいあげたって、ロジェ副団長は許してくれるだろう。

「ちょっと待っててね」

マカロンはいくつかあるから、そのうちのひとつだけ。

……そんなことを考えながら、ユベルティナはマカロンを放り投げてやった。

するとリススライムはすぐさまリスの手でマカロンを拾い上げ、口に運んでちょこちょこちょこちょこと食べはじめる。

（かわい～！）

しばらくその様子を見ていたユベルティナだが、はたと我に返る。

「いけない、こうしちゃいられないんだった」

ロジェ副団長を探さないと……

「じゃあね、スライムくん。——ちゃん？　まあ、どっちでもいいか」

ユベルティナはそう言って手を振ると、スライムに背を向けた。

……が。

ガサガサガサガサッ！　とスライムが立てる物音に、なんだろうと振り返ると。

「っ!?」

スライムが、飛びかかってきた！

油断していたユベルティナは避けることもできず、勢いのまま仰向けに地面に倒れ込む。

「っ——」

頭は打たなかったが、衝撃で身体が痛い。

スライムはそんなことなどお構いなしにユベルティナに乗り上がると、平べったくなりながら彼女の身体の上を這いずりはじめた。

「や、やめっ——」

慌てて身を捩るが、スライムはなかなか離れようとしない。

それどころか、さらに身体を薄く薄く伸ばし、ユベルティナの身体を覆いはじめたではないか！

「っ……！」

恐怖のあまり息を呑むユベルティナ。スライムは、どんどん身体を伸ばしていく。

とうとう顔以外すべて覆われてしまったユベルティナは、いよいよパニックに陥った。

（嫌っ！　気持ち悪い！）

酸っぱいスライムの臭いが鼻を刺激し、吐きそうになる。

必死に身を捩ったが、スライムの拘束はまったくゆるまない。

と、そうこうするうちに身体を包み込むスライムが熱くなってきたことに気づく。

そして、じゅわり、と、騎士団の制服の肩の部分が、小さく溶けた。

「……ッ⁉」

ユベルティナは喉の奥で、声にならない悲鳴を詰まらせた。

騎士団の制服の上着に、ズボンに……、スライムの熱が、次々に穴を開けていく。

マカロンだけでは足りず、ユベルティナまで食べようというのか。

スライムの身体がうねうねと波打ちはじめた。まるでマッサージをするかのような、何十本もの指で揉みしだかれるかのような感覚が、ユベルティナを包み込む。

「はぁっ……」

なぜか、熱い吐息がユベルティナの口から漏れた。

じゅわじゅわもみもみとした心地よい熱に包まれ、服を溶かされながら……

「んっ、あん……っ」

顔はほんのりと赤く染まり、口からは我知らず甘い声が漏れる。

それでもユベルティナはなんとか身を捩って脱出しようとするのだが、スライムの拘束は思いのほか強く、うまくいかない。

まるで、力強い誰かに押さえ込まれているかのようだった。

「ロジェ副団長……」

知らず、ユベルティナは甘えたようにその名を口にする。

「このままだと私、あっ、あんっ……」

身体を溶かす心地よい熱と、たくさんの指でされるマッサージのような刺激……

「副だんちょぉ」

助けを求めるはずの声は、まるで快楽を求めるかのような色を帯びてきている。

「あぁんっ、助けっ、わたし、食べられちゃうっ……」

その艶やかな声に気をよくしたのか、スライムのマッサージのような波動がさらに激しさを増していく。

身体が、おかしい。

（な、なに、これ……？）

心地よい熱に包まれ、服を溶かされながら……、ユベルティナは妙な快感を感じているのだった。

「んっ、あん……っ」

顔は真っ赤に染まり、口からは甘い声が漏れる。スライムに食べられようとしている危機感を持とうとするのだが、どうにも思考の焦点が定まらない。

「やっ、あっ、あんっ」

粘膜の下、ユベルティナは太ももを擦り合わせた。そこがなんだか、切ない。

「副団長ぉ……なんか、わたし……ダメぇ……」

なにかが昂ぶっていく。なんなのかはわからないけれど、発散させたくて仕方がなくなってくる。

(嫌ぁ……っ!)

ユベルティナは昂ぶってくる感覚に、必死にかぶりを振った。

自然とロジェの顔が脳裏に浮かぶ。

スライムなんて嫌ぁ、ロジェ副団長がいい……!

どうしてそんなことを考えたのが自分でもわからないが、本能的にそう願ってしまう。

「副団長、副団長……っ」

すがるような思いで彼の名を呼ぶと、なぜだか自然と腰がもぞもぞ動いた。

「いやぁ……、こんなの……、助けてっ、ロジェ副団長……っ」

「ユビナティオ!」

空耳かと思った。熱に浮かされた頭でロジェのことばかり考えていたものだから、それでロジェの声が聞こえたのだ、と。

だが草むらから飛び出してきてこちらに向かって走ってきたのは、紛れもなく……

「副だんちょおっ!」

ロジェだった。ロジェが助けに来てくれたのだ。

「わたっ、ぼく、食べられ……んっ……」

「……くそっ！」

悪態をつき、ロジェはすぐさまユベルティナのかたわらに跪いて素手でスライムを毟りだした。腰の剣を使わないのはユベルティナのためを思ってのことだろう。剣を使えばユベルティナを傷つけてしまう恐れがあるからだ。

それでべりべりと剥がしてくれるのはいいのだが、ロジェの指がユベルティナの身体に当たるたび、ぞくっとした快感が身体を走り抜けた。

「やっ、あんっ。もっと優しくお願いしますっ」

助けてもらっておいて文句を言うのも失礼な話だと思いつつも、そうお願いしてしまう。

「わかってる！　だが……くそっ。なかなかとれない。我慢してくれ……！」

ロジェもロジェでかなり動揺しているようだ。

ユベルティナはぎゅっと目を瞑ってやりすごそうとした。だが、逆に感覚が鋭敏になって、よりいっそうロジェの乱暴な指先に感じ入ってしまうことになる。

「あっ、んっ、ロっ、ロジェふくだんちょぉっ……」

ユベルティナの口からは絶え間なく甘い声が漏れている。

ロジェは歯を食いしばり、一心にスライムを剥がし続けてくれていた。

（ロジェ副団長が頑張ってくれてるのにわたしがこれじゃダメよっ……！）

ユベルティナも歯を食いしばり、声を抑えようと努力した。

「くそっ……！」

悪態をつきつつ、ロジェはスライムを引っぺがし続ける。

（あっ、すごい。ロジェ副団長、格好いい……）

助けてもらっているというのに。

自分を助けようと手を動かし、そして歯を食いしばるロジェの精悍な顔つきを見ていると……ユベルティナは、胸がきゅんきゅんと高鳴るのを抑えられないのだ。

（格好いい……、格好いいよぅ……）

いっそうトロンとした瞳になったユベルティナを、ロジェが激励する。

「しっかりしろ、あと少しだ！」

「副っ、だんちょぉ……っ」

「よしっ！」

ロジェはユベルティナの両肩を掴み、ぐいっと揺さぶった。

「とれたぞ！　大丈夫か!?」

「ぁ……はぁっ……」

とれ……た……？

ユベルティナは自分の身体を見下ろしてみた。ところどころに穴のあいた騎士団の制服、そして
そんな自分を抱き起こすロジェ。

「お前、なんて顔をしてるんだ」

顎をつままれてロジェのほうに向かされ、顔色を確かめられる。……真っ赤に染まり、蕩けた顔を見られている。その事実がとにかく恥ずかしくて、ユベルティナはびくりと震え、小さく喘いだ。

「あぅ……、ロ、ロジェ副団長。わた――僕ぅ……」

「……っ」

ロジェの喉仏が上下する。生唾を呑み込んだのだ。彼はさっと視線を逸らした。

「スライムにずいぶんと気に入られたな、珍しいやつだ」

「す、すみません……」

そこまで言って、ハッと我に返った。

この状況……、かなりヤバい！

ところどころ穴の空いたボロボロの服、そして熱くなった肉体。

「……っ」

ユベルティナは自分の胸を抱きしめてその場にうずくまった。何重にもキツく巻いたサラシはかなりの強度を誇り、溶けてはいない。だがそれ以外の箇所にところどころ空いた穴からは、女の白い柔肌が見えている。

「み、見ちゃいましたよねっ⁉」

真っ赤になって問い詰めると、ロジェは無言で立ち上がって背を向けた。

「……ああ。君の秘密……、見てしまった……」

やっぱり。

バレた。女だとバレた……！

「妙に胸板が厚いと思っていたが、まさか……」

震える声で、ロジェは呟く。

「まさかパッドで厚く見せていたとはな……」

「は？」

「下のモノにパッドを当てて大きく見せるというのは聞いたことがあるが、君の場合は胸板なのか」

ユベルティナは一瞬ぽかんとして、それからすぐにガクガクと首を縦に振りはじめた。

「そうです！　そうなんです。我がルドワイヤン家の家訓でして……！　胸板が厚ざるは男にあらずと。だからわたし、いや僕、パッドを入れてサラシで巻いて胸板を厚くしてるんです！」

とっさについた嘘だが、背を向けたロジェは信じたようだ。

「……なるほど」

ロジェは振り返るとユベルティナの身体を見つめてくる。

……が、すぐに視線を逸らした。

「そういうことなら、このことは私の胸にしまっておく」

「あっ、ありがとうございますっ」

ユベルティナはほっと息をついた。

どうやら、うまいこと煙(けむ)に巻けたようである。……たぶん。

それはそれとして、礼はしなければならない。ロジェは助けてくれた恩人なのだから。

ユベルティナはロジェに向かって頭を下げた。

「……と、取り乱してしまい、大変失礼いたしました。ロジェ副団長、助けていただき、本当にありがとうございます」

「礼には及ばない。君を助けるのは上司として当然のことだ。それより、なぜこんなところにひとりでいる。いったいなにがあった」

「それが……」

――ユベルティナはここで起きたことを一通りロジェに説明した。

「スライムにマカロンを……?」

「はい。欲しがっていまして、つい……」

はぁ、とロジェはため息をつく。

「それで気に入られたのか」

「あの……、スライムってああいうことするんですね。人を温めるというか、その、ああいうこと」

「君はスライムの発情毒にやられたのだろう」

「はつじょうどく……?」

「スライムは繁殖の際に発情毒を使うのだが、それが効く人間もいる、ということだ。コーヒーや紅茶ですら媚薬(びやく)になる人間もいる。珍しいことだが、ないわけでもない」

ということは、あれはスライムに毒を使われ無理やり発情させられた、ということなのか。

それをこともあろうにロジェ副団長に見られてしまった……！

「まったく。よほど敏感なんだな、君は」

「うぅ……」

恥ずかしさに顔を赤く染めるユベルティナ。それを見てロジェは困ったようにくすっと笑った。

「しかし、君がせっかく身体を張って届けようとしてくれたマカロンだが……、食べられなくなってしまったな」

「うぅ……、そうですね……」

ユベルティナは自分の手の中のマカロンを見た。

スライムに包まれながらもずっと手に持っていたマカロンの包みは、手で握りしめていたため穴こそ空いていないが、中身はすでにボロボロに崩れていて、クリームもはみ出している。

「……スライムって本当に弱い魔物なんですか？　その……、弱いなりに、かなりやっかいな毒を持っているみたいですけど」

「本来なら人の姿を見れば逃げる弱い魔物だ。スライム自身が気に入らなければ、そしてなおかつ襲われた人間が発情毒の効く特異体質でなければ、無害……、と言っておこうか。なんにせよ、君が無事でよかった」

ロジェは苦笑しようとしたらしい。だがうまくいかず、精悍な顔に微妙な表情が浮かぶ。

「まぁいい。帰ろう、ユビナティオ。殿下が待っている」

「は、はい」

差し出されたロジェの手をとるユベルティナ。

だが快感の余韻が熾火のように残る身体に、ロジェとの触れ合いは背徳感をもたらした。びくりと躊躇したユベルティナの手を、しかしロジェは力強く掴んで引き上げる。

「あっ……、あっ、あのっ。えっと……」

「……多くは言わん。君もなにも言わなくていい」

「はい……」

「行くぞ」

背を向けるロジェに、ユベルティナはハッとする。

そうだ、アレクシス殿下からの伝言！　これくらいは伝えなければならない、仕事なのだから。

「あのっ、ロジェ副団長。アレクシス殿下から伝言を言付かっています」

「なんだ？」

「女嫌いもほどほどにしておくように。守りたい人がピンチになっているぞ……とのことです」

その言葉に、ロジェは目を見開いた。

「君、スライム以外にもなにかに攻撃されたのか？」

「えっとぉ……」

アレクシス殿下の取り巻き令嬢たちに女だと疑われて口撃されていたのだが……、スライムに襲われた今、そんなことはどうでもよくなっていた。

「どうってことないことです、えへへ」

「……そうだな。今回は私が悪かった。すまない、ユビナティオ」

頭を深々と下げるロジェに、ユベルティナは慌てて手を振ってそれを止めようとする。

「やっ、やめてくださいロジェ副団長！　僕、ロジェ副団長に助けてもらったんですからっ」

「君が危険な目にあったのは、私の無責任さゆえだ。アレクシス殿下にもよく謝罪しておかなければならん……」

そして、彼は自分の着ている上着を脱ぐと、ユベルティナの肩にふわりとかけてくれた。

「これを着ておけ。胸板のパッドを見せるわけにはいかないだろう？」

「で、でも。副団長の制服が汚れちゃいます」

発情毒ばかりが気になってしまうが、身体のあちこちがスライムのべたべたで気持ち悪いのも事実である。スライムの酸っぱい臭いも、肌にこびりついている。

「構わん、あとで洗濯すればいいだけのことだ。それより、君のほうが大切だ」

「……っ、ありがとうございます……」

彼の言葉にユベルティナは思わずドキッとした。ロジェは、『ユベルティナのほうが大切だ』とはっきり言った。もちろん他意がないのはわかっているが、それでも嬉しいし、恥ずかしい。

ドキドキしながらぬくもりの残る袖(そで)に腕を通すが、ぶかぶかで手が半分以上隠れてしまった。まだ身体に残る甘い痺(しび)れのせいか、なんだかロジェに包まれているようでドキドキする。

「多くは言わん」

ロジェは目を逸らしつつ、ぼそっと呟く。

「早く発情毒が抜けるといいな」

「うぅ。ロジェ副団長……」

「……安心してくれ。君の秘密は守る」

ドキリとする。一瞬、正体が女であることを言っているのかと思ったから。

ロジェは眉根に深いしわを寄せつつ言葉を続ける。

「君は華奢だ。女性のような身体つきをしている。それがコンプレックスだとしても、誰も笑うものはいない」

「副団長……」

「もし笑う者がいれば私が叩き切る。だから、気に病むことはない」

「……ありがとうございます」

ユベルティナはうつむいて礼を言う。

胸がじわりと温かくなった。勘違いとはいえ、ロジェは自分を守ろうとしてくれている。

いや、今回だけではない。ロジェはいつだってユベルティナを守ってくれている……

ユベルティナは自分の身体を見下ろした。女性にしては背は高いほうだが、男であれば、確かに細身で、背も高くなく、筋肉もついていない。そんな中でサラシで潰した胸だけが、まるで筋骨隆々であるかのように大きく盛り上がっている。

それを改めて自覚すると、どうしようもなく情けなかった。

ロジェを騙し続けることに、いったいなんの意味があるのだろうか。

——だが、これは弟ユビナティオのためなのだ。先日来た手紙によると、ユビナティオの体調は日に日によくなってきているという。二カ月を待たずして快癒するだろうとのことである。

そうして、自分は弟と入れ替わる。それでユベルティナは元の生活に戻り、女として生きていく。

胸にサラシを巻いて、男と偽って男所帯で暮らすことはなくなる。それまでの辛抱だ。

たとえロジェに胸板パッドを入れた騎士候補生の少年だと思われようとも。発情してしまった恥ずかしい姿を、彼に見られても。

今だけ耐えることができれば、あとはユビナティオがうまくやってくれる。ロジェとはどんなに長くとも、あと二カ月弱しか会うことがないのだ。……その事実は、胸を締めつけるけれど。

アレクシス王子のいる湖のほとりに戻ると、すでに令嬢たちの姿はなかった。

それどころかガーデンテーブルも片付けられており、すっかり帰り支度が済んでいる。

「ああ、あいつらね。先に帰したよ」

はぁ、とため息をつきながらアレクシス王子が言った。

「どうにもフィーリングが合わなくてさ。もう会うこともないだろう」

「そうですか……」

彼女たちのことを思うと、ユベルティナの胸が少しだけ痛んだ。せっかく王子殿下とのピクニックという大チャンスだったというのに、もしかしたら自分のせいで……

「なんかピクニックって気分でもなくなったし、お前らが帰ってきたらもう帰ろうと思ってさ。って、それよりも！」

アレクシス王子が眉をひそめる。

「……なにがあったか、聞いても？」

「はい。実は……」

とユベルティナが事情を説明する。スライムに襲（おそ）われたところをロジェに助けてもらったのだ、と。発情毒で強制的に発情させられたことは、言わなかったが。

「なんだ、そうか。いやそうだろうとは思っていたけどさ……」

アレクシスはあからさまにほっとして、額（ひたい）の汗をぬぐった。

「まさかな、まさか……と思っちまったぜ」

「その『まさか』とはなんでしょうか。事と次第によっては名誉を守るために決闘を申し込みますよ」

固い声でロジェが目をすがめる。アレクシスは慌てた様子で手を振りはじめた。

「いやそんな、まだなにも言ってないだろ！」

そんなアレクシスに、ロジェは冷ややかな視線を送り続ける。

「そうですか。ではそのままお心に留めおかれますようお願い申し上げます、殿下」

「と、とにかく手当てしないとな。来い、ユビナティオ。救急医療セットを持ってきてあるんだ」

「っ、僕は大丈夫ですっ！」

「なに言ってんだよ、服に穴が空いてるわスライムの粘液でべとべとだわで大変じゃないか」

「いえ、ほんとに大丈夫ですからっ」

拒否するユベルティナを見てなにかに勘付いたらしいロジェが、手を差し出してアレクシスに指を広げてみせた。

「これをご覧ください、殿下。私はスライムを素手で千切りましたが、なんともなっていません。つまり肌へのダメージはないものと判断できます」

「服だけボロボロにしたのかよ。器用なことするスライムだなぁ」

本当は発情毒で大変だったのだが、それは言わないでおく。

「まぁ、それはわかった。だが身体がベタベタしてるだろ。濡れタオルで全身を拭くといい」

「い、いえ、それも……っ！」

確かに身体中がベタベタしていて気持ち悪いのだが、全身を拭く姿など、それこそ誰にも見られるわけにはいかない。

「なんだよ、遠慮することないだろ。別に見られて恥ずかしいもんでもあるまいし……ていうか見られて恥ずかしいなら見ないから」

「殿下」

厳しい表情で、ロジェが遮った。

「彼のことは私が手当てしますので、どうかお気になさらぬようお願いいたします」

「！」

びくり、と肩を震わせてしまうユベルティナ。

ロジェに手当てされては、自分が女だとバレてしまう！

だが、ユビナティオの手に、ロジェはそっと己の手を重ねてきた。思わぬ触れ合いに、ユビナティオの心臓がビクッと跳ねる。

緊張するユベルティナをなだめるように、まるで、『わかっている、大丈夫だ』というように。

長くしなやかなロジェの指が、優しく絡められた。

「彼のことは、今度はきちんと私が守り抜きます」

ロジェの言葉にアレクシスは一瞬押し黙ったが、やがて、ふうとため息をつくと、仕方がない、といった顔で苦笑する。

「いやま、そこまで言われちゃ引き下がるけどさ。にしてもお前ら、なんつうか……」

そこで言葉を切って、アレクシスは己の金髪に手をやり前髪をかきあげる。そのまま目をぱちくりとさせていたが、やがて口を開いた。

「……いや、なんでもねえよ。うーん……」

アレクシス王子は言いよどみながら唸る。だがすぐにいつもの笑顔に戻った。

「じゃあ、とりあえず行くぞ。いつまでもここにいてもしょうがないからな」

促されて馬車に歩き出そうとしたところで、ユベルティナは重ねられた手をほどこうとし……

（あっ）

アレクシスが唸ったのはこれが原因なんだと思い当たり、ユベルティナはドキリとした。指を絡めているのを、アレクシスに勘違いされたのだ。

勘違い？　勘違いじゃない……かも？

ロジェはいったいなんのつもりで手を重ね、指まで絡めてきたのか……

ロジェの真意を確かめたくてちらりと顔を見上げると、ロジェもこちらを見ていたようで、蒼い瞳と目が合った。

慌てて視線を逸らし、そっと手を離すふたり。

「おい、なにイチャイチャしてるんだよ。早く来い」

「別にイチャイチャしているわけではありません、殿下」

ムスッとした顔でアレクシスのあとを追うロジェ。

「………………えっと」

これは……

「お前も来い、ユビナティオ。出発できないだろ」

「あ、はい！」

戸惑うユベルティナだったが、ふたりを待たせるわけにはいかない。急いであとを追い、馬車に乗り込んだ。

というわけで、結局ユベルティナは屋敷に帰ってようやく清拭を終えてさっぱりしたのだが。

そんな激動のピクニックが終わったその翌日——

日常業務に戻ったユベルティナは、早速、書類仕事にとりかかっていた。

カリカリとペンを走らせるロジェの姿もある。

「よし、こんなところか。ユビナティオ、悪いがこれを配達してきてくれ」

「…………」

「ユビナティオ！」

「あ、はい！」

いつも通りに仕事を片付けていくロジェに、ついぼーっとしてしまうユベルティナ。

ロジェはふっと口元をゆるませ、優しく微笑んだ。

「……昨日はいろいろあったからな。疲れているなら無理をするなよ？」

「いえ！　大丈夫です！」

とはいうものの。自分でもわかっている。今の自分は、明らかに様子がおかしい。やはり昨日のことが尾を引いているのだ。

（うぅ～、わたしの馬鹿。でもね、あんなことがあったんだもの。そりゃ、引きずるわよね……）

スライムに発情毒で強制発情させられたところを、ロジェに助けてもらった。なんとか正体が女であることはバレなかったが、恥ずかしいところを見られてしまったことには変わりない。

まさか、あんな姿を、よりにもよってロジェに見られてしまうとは……！　恥ずかしい！

羞恥と自分の不甲斐なさとで潰れそうになりながらも、どうにか気持ちを切り替えようとする。

だからユベルティナは、あえて平静を装って書類を受け取りにロジェの執務机へ歩み寄った。

「かしこまりました。書類を配達してきますっ！」

「ああ」

頷きながら書類を手渡すロジェ——と、書類を受け取ろうとユベルティナの手が、ちょこんと触れ合った。

その瞬間、指を絡めてアレクシス殿下に誤解されたことを思い出し——

「っ！」

慌てて引っ込めた手が書類を受け止めそこね、バサリと床に落ちてしまった。

「わ、ごめんなさいっ！」

「こちらこそすまない。すぐに拾う」

「僕が拾いますっ！」

そう言ってしゃがみこみ、ふたりで書類を集めようとすると、また触れ合う手。

「っ」

チクリとした刺激まで受けたような気になり、手を引っ込めるユベルティナ。

「すまない、ユビナティオ」

「き、昨日は指まで絡めちゃったのに。手が触れただけなのにこんなふうになっちゃって、おかしいですよね」

震える声で、できるだけ明るく、なんでもないことのように言うユベルティナだったが、今度はロジェが顔をうつむかせた。精悍な頬が、赤くなっている。

「あれは、君の秘密を守るから安心してくれ、という合図のつもりだったんだ。特に他意はない」

「そ、そうだと思ったんですけど！　あははー」

……なんだ、やっぱりそうか。

ユベルティナは少しがっかりする自分を自覚しながら、明るい笑いを浮かべてみせた。

もしかしたら。何百分の一かの確率で。ロジェも自分のことが好きなんじゃないかなー、なんて。

ちょっとだけ、期待してしまったところもあり……

書類を拾い終えてトントンとそろえると、ロジェはそれを持ってユベルティナに背を向けた。

「君は疲れているらしい。私が書類を配ってくる」

「えっ、でも配達は僕の仕事です」

「君が来る前は私がしていたことだ、案ずることはない。君はここでゆっくりと休むといい」

それだけ言って、そそくさと部屋を出ていってしまった。

取り残されたユベルティナは、しばらくロジェが出ていったドアを無言で眺めていたのだが。

やがて、ため息をついた。

「もう……。いくらなんでも意識しすぎだってば、わたし……」

ロジェは、上司として部下であるユベルティナを守ってくれているだけなのに。それどころか、指を絡めたことは、そんな気はなかったとはっきりと言ったのに。

（わたしって、本当に馬鹿……）

優しい彼が自分を守ってくれることに、こんなにも心がときめいてしまうだなんて。

上司だからしてくれているだけだというのに。

「……ロジェ様……」

胸の奥が、ズキズキと痛む。

◇

取り残されたユベルティナがため息をついていた、ちょうどそのころ。

副団長室を出たロジェは、書類の束を抱えて廊下を歩いていた。

考えるのは新入りの部下のことだ。

（ユビナティオ・ルドワイヤン――）

彼の前ではいつも通りの冷静さを演じたものの……

昨日あんな痴態（ちたい）を見てしまったせいだろうか、とにかく彼のことが気になって仕方がなかった。

仕事はきちんとこなしているが、頭の中心にいるのはあの少年で、とにかく彼のことばかり考えてしまう。

ひとりで多くの仕事を抱え込むロジェに付けられた、騎士候補生の少年。

身体が弱いというから様子を見つつ仕事をやらせてみたら、すぐにやり方を呑み込んで、あっという間に自分の右腕的存在にまでなってしまった。

どこが身体が弱いのか……と思うほどテキパキと仕事をこなすさまは、本当に優秀な部下だと思っていたのだが――

妙に女っぽい表情をする少年だな、というのもまたロジェの正直な感想だった。

王立賛翼騎士団は男しかいないため、余計に彼のことが女性っぽく見えているのかもいれない。

そんな彼によからぬ感情を抱く騎士がいることも事実で……。不埒(ふらち)な輩(やから)の毒牙から部下を守るのもまた上司の役目だと、目を光らせていたのだが。

彼を見る目が日に日に妖しくなっていったのは、ロジェ自身もそうだった。

「……はぁ」

思わずため息をつきながら歩く。

……危ういバランスの上で、それでも彼を守ろうとしていたのは、つい昨日までのことだった。

昨日、見てはならないものを見てしまったのだ。

アレクシスに侍(はべ)っていた女性たちを厭(いと)って離れたロジェを、彼が捜しに来た先での事件だった。

自分があの場から離れたばかりに、ユビナティオはあんなことになったのだ。

ユビナティオはスライムに襲(おそ)われ……

しかもスライムに相当気に入られてしまったらしく、求愛行動をとられていた。

そう、ユビナティオにはぼかしておいたが、あれはスライムの求愛行動だ。

人間相手にするのはかなり珍しいが、過去に事例がないわけではない。

そういえば初日に会ったときも、犬にえらく気に入られていた、とロジェは思い返す。ユビナティオは動物や魔物に好かれやすい体質なのかもしれない。

しかも珍しさは重なるもので、ユビナティオはスライムの発情毒に反応する体質でもあった。

潤んだ紫色の瞳、上気した白い頬、可愛らしい口から漏れるあえかな声……

スライムの発情毒にさらされたユビナティオは、いつもとはまるで別人のような艶めかしい姿をさらけ出していた。

いつもはどこか凛とした表情をしているというのに、昨日のユビナティオは、まるで雄を求める雌のような顔を――

「っ！」

思い出してカッと顔が赤くなり、ぶんぶんと首を振る。

（しっかりしろ、私！　あいつは男だ！）

とにかく大慌てで彼を助け出すと、服がスライムに溶解されてボロボロになっていた。肉体へのダメージはそれほどなさそうだったので、それは本当にほっとした。

しかしそこで知ってしまった事実がある。彼は、身体が華奢なのを気にして胸にパッドを入れるような、涙ぐましい努力をしている男だったのだ。

なんともいじらしいことをするではないか。

ボロボロの服を着た彼に自分の上着を被せてやると、案の定大きすぎてぶかぶかで……、それが、胸が締めつけられるほど、とても、とても……可愛かった。

その姿をアレクシス王子に見せるのはいろいろな意味ではばかられたが、そうも言っていられず、湖のほとりの彼のもとに帰ると……

アレクシスはロジェが彼を襲ったと、勘違いしたらしい。それには断固として抗議した。誰が大切な人を無理に襲ったりするものか。

「……コホンっ」

ロジェは頬を赤らめたまま、軽く咳払いした。

違う違う、大切な人、というのはそういう意味じゃない。自分は男が好きなわけではない。彼は大切な部下だ。身体の弱い、周囲の男どもの下劣な目から守ってあげなくてはならない、大切な可愛い部下……

王子は、当然ながらユビナティオの手当てをしようと申し出た。

だがユビナティオは固辞する。それでもアレクシスは手当てをしようとし、ユビナティオが嫌がったため……

『彼のことは私が手当てしますので、どうかお気になさらぬようお願いいたします』

そう助け船を出したとき、ユビナティオは可哀想なくらいビクッとした。

それは、まるで傷ついた仔猫のようで。

そう思ったら、考えるより先に手を握っていた。

安心させたかったのだ。秘密は私が守ってやる。今度こそ、大切な部下を守り切るんだ、と。

しかもごく自然に指を絡ませていた……

ユビナティオは、細く、たおやかな指をしていた。

それが自分の節が目立つ男の長い指と絡み合い――

「……っ！」

思わず立ち止まってしまい、慌てて頭を振る。

(だから違うんだ！　あいつは男だし、私は男が好きなわけじゃない！)

だが、どうしてもユビナティオのことが気になってしまう。

彼の指はすべすべして触り心地がよく、ずっと指を絡めていたかった。

スライムに襲われていたときのユビナティオの顔を思い出す。

いつもの凛としたものとは違う、熱に浮かされたような表情。潤んだ瞳。紅潮した頬。

聞いたこともない甘い声でロジェの名を呼ぶさまは、まるでロジェを求めているかのようで。

「っ‼」

思わず顔を赤くして前屈みになる。

しかも腰に違和感が――

(……嘘だろ？)

ありえないことだが、ロジェの腰にあるモノが熱く反応していた。

待て待て、相手は男だぞ⁉

確かにユビナティオはとても可愛いが、男だ！　なのに、どうしてこんな……

きっとこれはただの生理現象だ、とロジェは思い込もうとした。

確かに彼のことを想像していたが、それは関係ない。

第一、私は性欲に振り回されるような愚かな男ではないはずだ！

あんなことがあった翌日だし、つい目で追ってしまうのは仕方ない。視線に気づいたユビナティオがこちらを見てくるから、目が合ってしまうのも、まあ仕方がない。

目が合うたびに彼がサッと視線を逸らすのも当然だ、誰が好き好んで上司と視線を合わせ続けたいと思うだろうか?

それを見て、ロジェが視線を外すのもまた当然なことだった。だってそうだろう? 視線を逸らされたのにずっと見ているわけにはいかないじゃないか。

……別にやましい気持ちがそうさせているのではない。

ユビナティオ自身に、やましい気持ちがあるかは、別として。

そう、自意識過剰なのかもしれないが、ユビナティオはロジェを意識している。そんなユビナティオがものすごく可愛くて——

ぶんぶんぶんぶん!!

ロジェは無心で頭を振った。

違う、違う、違う、絶対に違う!

ユビナティオは部下だ。それ以上でもそれ以下でもない。頼りになるただの部下だ。

自分にそう言い聞かせてみたものの、腰にある反り返りは治まってはくれず、かえって剛直を増強させるばかり……

「……ぐぅぅううっっっっっっ!!」

ロジェは唸り声を上げた。そして、己の頬をぐいーっと引っ張る。

痛みが多少なりとも冷静さを取り戻させてくれた。

（……理性の砦よ！　今こそ私にその力を示せ!!）

一度突破されたら二度と元には戻れなさそうなその砦の扉をなんとか力ずくで締め切ると、ロジェは再び歩き出した。

とにかく無心で歩き続けた。……しばらくの間、前屈みではあったが。

第四章　仮面舞踏会の夜

怒濤の騎士団生活が一カ月を過ぎようとしたころ……

その日ユベルティナは非番で、自宅にて親友サンドラの訪問を受けていた。

午後のティータイムを楽しもうということになり、ふたりは向かい合ってテラス席に座る。

「ユベルティナ様、紅茶をお持ちいたしました」

「どうもありがとう、サーシャ」

メイドに礼を言うユベルティナは、いつもの騎士団の制服ではなく、美しい浅黄色のシンプルなドレスという、年頃の令嬢らしい姿をしていた。髪は短いなりに可愛く見えるよう工夫して、薔薇を模した白いレースの髪飾りをつけている。

今日のユベルティナは騎士候補生ユビナティオではなく、伯爵令嬢ユベルティナなのである。

次々に並べられる食器たちを眺めながら、ユベルティナは話しはじめた。

「来てくれてありがとう、サンドラさん。あなたと会えて嬉しいわ」

フリルたっぷりな薄桃色のドレスを着た親友サンドラが、にっこりと微笑む。

「ほんとですわ。最近のユベルティナさんったら、ぜんぜん会えないんですもの」

ふたりはお互いの顔を見合わせて笑った。

「もう学生じゃないってことよ」

「そうですわねぇ、寂しくもあり、頼もしくもあり……ですわね」

学友であったふたりは、かつて学園で毎日顔を合わせていた。

だが、別々の道を歩んでいる今、ふたりに接点はない。

「最近は特に忙しくってね……」

「それって、その髪の毛と関係あること、ですわよね」

「え」

ユベルティナはスコーンにジャムを塗る手を止め、固まった。

ちなみに今日のお茶菓子はスコーンだ。薔薇のジャムとクロテッドクリームが添えてある。

「なっ、なんのことやら……？」

すっとぼけるユベルティナ。

ユベルティナが男装して王立賛翼騎士団に入ったことは、ルドワイヤン家が抱える秘密である。

サンドラに言うわけにはいかない。

「いやわかりますわよ普通？　あれだけ綺麗な亜麻色の髪でしたのに、こんなにもばっさり切ってしまわれるなんて。なにか事情がおありなのでしょう？」

「そんな深い意味はないわよ。短いのもいいかなーと思っただけ。似合わないかしら？」

「似合う似合わないで言えば、とてもよくお似合いですわ」

サンドラはスコーンに薔薇のジャムとクロテッドクリームをたっぷり塗ると、ぱくっと口にする。

「……ただ、お気を悪くなさらないでくださいましね。貴族令嬢らしからぬ髪型ですので、ちょっと奇妙に見えるところもありますわね」

「そうかしら。私は結構気に入ってるんだけどな、この髪型」

「そうなんですの？　でもなんだか男の子みたいですわ」

サンドラは、ズケズケものを言うタイプの令嬢なのである。その感覚を思い出し、ユベルティナは懐かしくなった。

「でもほんと、楽でいいのよ、この髪型って」

紅茶を口に含んで喉を潤し、ユベルティナは再び口を開く。

「寝るときも楽だし、朝のセットだって……あ、でも寝癖にだけには要注意かしら。髪が長ければ編み込みに巻き込んで誤魔化せるけど、短いとピョーンって跳ねちゃうのよね。ピョーンって」

『ピョーン』の擬音で笑ってほしくてことさら『ピョーン』を強調してみるが、サンドラは無反応。

「……」

「あの……、サンドラさん？　面白くなかった？　むしろ滑っちゃった？」

急に押し黙った親友に焦りつつ、ユベルティナは紅茶に口をつける。

「いえ……失礼ながら申し上げますけれど。髪を切ったのって、やっぱり失恋が原因ですわよね？」

「失恋？」

その言葉に、なんとなくロジェ副団長の顔が脳裏に浮かんでしまうが……

ユベルティナを男だと思っているロジェである。失恋とかそういうのは関係ない。

……ないよね？　とユベルティナは自問する。

ピクニックスライム事件で妙にぎくしゃくした雰囲気になってしまってから一週間と少し経ち、ようやくふたりの関係は以前と同じように戻ってきつつあった。

それはありがたいことではあるのだが、少し寂しい気もする……

長い沈黙のあと、サンドラは意を決したように口を開いた。

「デュラン様とのことですわ」

「デュラン様……？　誰でしたっけ？」

「まぁ、もうお忘れになったの？　あなたの元婚約者様ですわよ」

「ああ……」

言われてようやく思い出すくらいに、その存在を忘れていた。というか、そもそもデュランとは婚約破棄された時点で縁が切れている。

「デュラン様ね、はいはい。でもあれは失恋ではないわよ。だってわたし、デュラン様のこと好きでもなんでもなかったもの」

恋をしてないから、という理由で婚約破棄されたのはかろうじて覚えていた。

それは、確かにそうだった。ユベルティナはデュランに恋などしていなかった。

デュランは恋し恋される関係の男爵令嬢と結婚するのだ。そのためにお前が邪魔になったのだと言われれば、はいそうですかと受け入れてしまう気が、今ならする。

人を愛するということは、たぶん、自分ではコントロールできないものだろうから。

そんなことを思いながら、ユベルティナの脳裏に浮かぶのはロジェのムスッとしたへの字口の顔だった。スライムから助けてくれたからだろうか。最近ずっと彼のことが頭から離れない……

それとも、まさか。わたしは彼に恋をしている、の？

「ユベルティナさん？　どうかなさいました？」

「えっ⁉　い、いえ、なんでもないわ。ええと……デュラン様、だったわね？」

ビクッとしつつ、ユベルティナは妄想から覚めた。

ロジェに恋……そんなこと、あるわけない。

ロジェは上司なのだ。……上司として、部下である自分を守ってくれただけだ。そんなロジェに、恋だなんて。

「ええ、そうですわ。あんなひどい振り方をなさって、もうっ……、わたくし、見ていて腹が立って腹が立って！」

そういえばサンドラもあの場にいたのだった。

あのときは婚約破棄されて嬉しくて、周囲に気を配るどころではなかったなぁ、なんて思い出す。

「まぁ、確かにひどいことを言われたかもしれないけれど……。でももう気にしてないわよ。今がとっても忙しいからね」

そう、ある意味彼には感謝しなければなるまい。

デュランに婚約破棄されなければ、男装して騎士団に入るなんて無茶なことはしなかった。

それはつまり、ロジェと出会わなかったことを意味するのだから……

「お忙しいんですの？」

　おずおずといった感じで尋ねてくるサンドラに、ユベルティナは微笑んで頷いた。

「ええ、そうなの。実は仕事をはじめて……、事務のお仕事なんだけどね。毎日がとっても充実してるのよ」

「まぁ、そうなのですか。じゃあ舞踏会に出るお暇なんてありませんかしら……」

「舞踏会？」

「仮面舞踏会があるんですの！」

「仮面舞踏会？」

　耳慣れない言葉に小首を傾げると、我が意を得たりとばかりに身を乗り出して、サンドラが説明しはじめた。

「いま、若い貴族の間で大流行しているんですのよ！　仮面をつけて身分を隠し、互いに誰かわからないままに一夜の舞踏会を楽しむのですわ！」

　そんな流行があるのか。まったく、貴族というのは面白いことを考えつくものだ、なんて他人行儀に考えるユベルティナ。

　でも、ちょっと面白そうだ。仮面を被って、身分を偽って、一夜だけの逢瀬（おうせ）を楽しんで。まるでドキドキの冒険譚みたいではないか。

「それで、実はユベルティナさんを仮面舞踏会にお誘いしようと思って、今日はこちらに参りましたの。でもお仕事がお忙しいのに無理強い（むりじ）するのも失礼ですわよね……」

「ちなみにいつあるの、その舞踏会」

「ちょうど一週間後ですわ」

「一週間後」

なんの天啓だろうか。その日、騎士団の仕事はお休みである。

「サンドラさん、わたし、その日なら空いているわ！」

「本当ですの!?」

ガタッ、と尻を浮かして身を乗り出すサンドラ嬢。

「じゃあ、じゃあ……！」

「ええ、仮面舞踏会……、ご一緒してよろしいかしら？」

「もちろんですわ！」

嬉しさを隠せない様子のサンドラは、まるで幼い少女のように瞳を輝かせた。

「ぜったい、ぜったい楽しいと思いますの！　失恋したユベルティナさんの傷を癒す素敵な殿方が見つかりますわよ！」

「別に失恋したわけではないってば」

苦笑するユベルティナに、サンドラは「ふふっ、そうでしたそうでした」と楽しげに笑う。

「ああ、でも楽しみですわ！　ユベルティナさんと舞踏会なんて久々ですし、それが流行の仮面舞踏会だなんて！　とってもワクワクしますわ～！」

「わたしも、仮面舞踏会なんて初めてだからすごく楽しみだわ！」

ふたりは顔を見合わせて笑い合う。

「詳しいことが決まりましたら、すぐに連絡いたしますわね！」

「ええ、よろしくお願いね！」

互いにニコニコしながら約束を交わすふたり。

それから話題は在学中の思い出話になり、存分に語り尽くしてサンドラは帰っていった。

親友が帰った屋敷でひとり、ユベルティナは。

「仮面舞踏会、か。楽しみ！」

仕事は仕事で楽しいが、ストレスが溜まることだってもちろんある。こういう気が晴れるような行事で、ストレス発散といきたいところだ。

存分に楽しんじゃおう！　と、ユベルティナはゆるむ頬を手で押さえて、ひとりでニヤニヤしていた。


サンドラに仮面舞踏会の誘いを受けた翌日のこと。

「ふんふん、ふふ～ん」

男装して副団長室での仕事中、つい鼻歌を歌ってしまうユベルティナである。

「なんだ、上機嫌じゃないか」

恨めしそうな蒼い目で見てくるのはロジェ副団長だ。

「へっへ～、なんでもないですよ？」

「嘘をつけ、絶対なにかあるだろうが」

「本当になんでもないんですけどねぇ」

「とてもそうは見えないが」

疑わしげにこちらを見るロジェ。だがユベルティナは気にせず書類整理をしていく。

ふたりとも、もうすっかりピクニックスライム事件の前と変わらない態度であった。

つまり、過度に意識することはもうなくなっていた。それを寂しく思うことはあるが、今はそれより仮面舞踏会である。

「まったく。君を見ていると悩んでいる自分が馬鹿らしくなってくるな」

「え、ロジェ副団長、どうしたんですか？」

「…………」

微かに顔をしかめたロジェは、眉間にしわを寄せたまま、ついと視線を逸らした。

「…………アレクシス殿下に、舞踏会に誘われた」

ぼそりと、そんなことを言う。

「へぇ、ロジェ副団長も舞踏会に行かれるんですか」

「その口ぶりだと、君も誰かから誘われたのか？」

「えへへ。友だちに誘われたんです。なんとっ、仮面舞踏会なんですよ！」

「……奇遇だな、私が誘われたのも仮面舞踏会だ」

「えっ、そうなんですか。じゃあ、もしかしたら同じ舞踏会かもしれないですね！」

もっともユベルティナは女装して伯爵令嬢としての参加となるが……

まぁ、仮面舞踏会である。仮面の中身が誰であるかなんて、関係ない、関係ない。

「でも殿下まで参加されるだなんて、仮面舞踏会って格式があるんですね」

「殿下が行くことは非公式だ。仮面舞踏会は身分を隠しての参加がルールだからな」

そう言われればそうであった。つまりアレクシスも完全に楽しむためだけに仮面舞踏会に参加するのだ。王子が身分を隠してまで参加する仮面舞踏会。やはり、どう転んでも楽しいものになりそうである。

が、ロジェは眉根のしわをさらに深くした。

「……殿下が遊び相手を探すにはちょうどいい、というわけだ」

「遊び相手、ですか」

この場合の『遊び相手』がなにを指しているのかわからないほど、ユベルティナは初心(うぶ)ではない。

「相手の身分を問わないのだから、目的は当然そうなる」

「まぁ、いいじゃないですか。たまには息抜きしないと疲れちゃいますからね」

ユベルティナは王子ではないからわからないが、きっと王子という立場もストレスが多いのだろう。それなら、ストレスを発散するのも時として必要なことだ。

「そういう君はなぜ仮面舞踏会なんてものに参加するんだ。やはり遊び相手の物色か」

「違いますよ！　ただの気晴らしです。舞踏会の目的なんて人それぞれでしょ？」

「……まぁ、そうだが。殿下のような目的の人物が多数参加しているのだから、重々注意するんだぞ。特に君は悪い輩（やから）に目をつけられやすそうな容姿をしているから……」

「大丈夫ですよ、仮面つけるんだし」

「仮面をつけていても雰囲気は伝わるだろう。そもそも君が仮面舞踏会など、私は反対だ。一夜の遊び相手を探す女性だって参加しているのだからな。君がそのような女性と万が一なんてことになったら、私は——」

「あ、でもっ」

お小言がはじまりそうな気配を感じ、ユベルティナは慌てて言葉を遮（さえぎ）った。

「そういうロジェ副団長は女性嫌いですよね。なのに遊び相手を探す仮面舞踏会に参加するなんて、どういう心境の変化なんですか？　もしかして女性嫌いを克服する気になったとか？」

「……別に、私が行きたいわけではない。殿下に誘われて仕方なくだ。半分は君のせいでもあるんだからな」

「僕の……？」

「…………………………もう半分は殿下の護衛だ」

ロジェはあからさまに話を逸らし、書類の束を机から取り上げた。

「さて、と。これを各師団に配ってきてくれるか」

「かしこまりました」

いったいユベルティナにどんな責任があるというのだろう？

とはいえ、ロジェが逸らした話をわざわざ蒸し返すのもためらわれる。

ユベルティナは首を傾げながらも、手が触れてしまわないよう気をつけながら書類を受け取った。

◇◇◇

書類の配達に出ていったユビナティオの背を見送ると、ロジェは執務机にバタッと突っ伏した。

勢い余って額(ひたい)を机に強打したが、気にしない。

両手を髪にやり、ぐしゃりと握りしめる。

――自分を抑えるのに、こんなにも労力を要するとは。

ピクニックスライム事件以降、ユビナティオの顔を見るたびに発情した彼の顔を思い出して、表には出さないものの意識してしまう自分がいた。あれから一週間以上が経過したというのに、それはいつまでも変わることなくロジェを支配している。

この前など、それで、自身のモノが硬くなって、苦労した……

(って、なにを考えているんだ、私は。彼は男だぞ。そして私は男には手を出さない！)

はぁ～……と深い溜息をつく。

こんな有様だから、アレクシスにいらぬお節介をされるのだ。

すべては自身の不徳の致すところである。

「殿下……まったく、余計なことを……」

ぼそりと呟くロジェ。

ユビナティオは知らないだろうが、昨日、ロジェはアレクシス王子と個人的に会っていたのだ。

そのときに言われた。

『お前、ユビナティオのことが好きなんだろ？』……と。

『お前は女嫌いだからなぁ、いつかそうなるんじゃないかと思ってたぜ』

なんてアレクシスは笑っていたが。

――違います。好きではありません。

自分に言い聞かせるように、ロジェはアレクシスに宣言した。もちろん、ユビナティオを想って自身を硬くしたことなど言うわけもない。

『じゃあ、俺がもらっていい？』

その言葉を聞いた途端、頭から冷や水を浴びたようにサァッと血の気が引いた。

ユビナティオを、アレクシス殿下が？　アレクシス殿下はそういう趣味がある方だったのか？　……いや、別に他人がどんな趣味を持とうと、ロジェの知ったことではない。だがそれにしてもなぜ、よりにもよってユビナティオを……

言葉に詰まっていると、アレクシスはニヤリと笑った。

『冗談だよ、本気にするなって。でもさ、男の本能を引きつける男ではあるよな、ユビナティオって』

――……そうでしょうか。私にはよくわかりません。

『え、そういうの、あいつに感じないか？　なんていうか……、本能的に女の子として扱いそうになっちまうだろ。頭では男とわかってるのに』

——それは確かに……。いや、私はきちんと彼のことは男性として扱っていますが。

『はいはい。でさぁ、ちょっと協力してほしいんだわ』

——協力？　いったいなんのですか。

『言わせんなよ、男だとわかってる相手に反応しちまうのをどうにかするんだ。これをなんとかするにはたくさんの女の子と触れ合うのが一番だろ！　近々仮面舞踏会が開催されるから、そこに行こうぜー！』

——どうぞご勝手に。私は仕事がありますので。

『ふふん。これは正式な任務だ、ロジェ。お前は副団長として俺の護衛をするんだ』

——またそれですか……

『お前だってそのままじゃヤバいだろ？』

——…………

確かに、このままの状態でユビナティオと接し続けるのがまずいことは、自分でも自覚していた。

『まぁ、ユビナティオが好きならそれでもいいけどさ。でももし好きじゃないんだったら……』

——好きではないです。

『だよね～。うんうん。じゃ、決まりな。日程は追って連絡するから、よろしくぅ』

こうしてロジェは、なかば強制的に仮面舞踏会への同行を命じられたのだ。

「…………」

ロジェは突っ伏したまま、執務机の木目を睨みつけて思案した。

なぜ、自分を巻き込むのだろう。

しかし……、ユビナティオまで参加することになっていたとは。

……いや、彼が参加するのが同じ仮面舞踏会だと決まったわけではないが……

ロジェは木目を見つめたまま考える。

楽しそうだったな、ユビナティオ。鼻歌まで歌って……

美しいドレスを着たユビナティオを思い浮かべると、心臓がトクンと鼓動を打った。

ユビナティオがドレスを着たら、きっと可愛いに違いない。本物の女性など霞んでしまうほどに可憐で、愛らしくて……

あの女の子のような凛とした顔には、シンプルで美しい……たとえばミント色のドレスなどが似合うだろう。いや、思い切って淡いピンクのような暖色でもいいかもしれない。いやむしろ深紅の豪華なドレスとか……。結局、どんなドレスでも似合うだろう、可愛い。

（馬鹿な！）

カッ、と目を見開くロジェ。

ユビナティオは男だ。参加するにしても礼服を着るに決まっているではないか。なのに、どうして女性用のドレス姿などを想像したのだ、自分は!?　落ち着け、冷静になれロジェ・ランクザン。

だが。想像しただけのユビナティオのドレス姿が脳に焼きついて、顔が熱い。

（どうなってるんだ、これではまるで……）

ドクンドクンと耳元で鳴る心臓の音を聞きながら、ロジェはゆっくり体を起こした。

そして自分の胸を両手で押さえると、大きく息を吸う。

「彼は、男だ」

自分に言い聞かせるように呟いた。

その声は震えていて、ひどく弱々しいものだったけれど。

絶対にそんなことはない。

自分はユビナティオに――……恋などしていない。

◇　◇　◇

ユベルティナの騎士団生活一カ月目最後の日にして非番日の、その夜。

仮面舞踏会は開催された。

場所は、王都の郊外にある王族の大きな別邸。

主催者は伏せられているが、会場が会場だけに王族の誰かが関わっていることは確実である。

夜を通して行われる催しで、すでに若い貴族が続々集っており、会場は賑わいを見せている――

そんな中、ユベルティナは会場の仕度室にてドレスアップの仕上げをしていた。

自宅から連れてきたメイドのサーシャがテキパキとユベルティナを飾り立てていく。

ユベルティナが今宵着るドレスは淡い水色。裾に向かって白のレースが広がる可憐なものである。

亜麻色の髪は結い上げ、白い薔薇の花を差した。首元には薔薇をモチーフにした青い宝石のネックレスがキラリと輝く。

……そう、髪は結い上げていた。貴族女性で短髪なのは珍しいので、すぐにユベルティナだとバレてしまう。……ということで、地毛と同色のカツラを用意したのだ。

鏡越しに微笑むユベルティナは、いつもの男装姿とは打って変わって可憐な美少女姿である。

「お嬢様、とてもよくお似合いですわ！」

サーシャがため息のような感嘆を漏らす。それに、ユベルティナはにっこりと微笑んで返した。

「どうもありがとう、サーシャ」

「これだけお綺麗なのですから、仮面をつけるのがなんだかもったいのうございますわね」

「仕方ないわよ、仮面舞踏会ですもの」

言いながら、ユベルティナは渡された仮面をきちんと化粧を施した顔につける。ビジューの施された繊細な半仮面は、顔を隠すというよりは、彼女の顔を上品に引き立てた。

さて、これで完成した。

「お待たせ、サンドラさん。行きましょうか」

「ちょっと待ってくださいまし」

隣で支度していたサンドラに声をかけると、大きな羽根飾り付きの半仮面をしたサンドラが最後に鏡をチェックし、そして満足してユベルティナを見て――その仮面の奥の目を見開いた。

「まぁ、まぁ……、まあ！　なんてお可愛らしいこと！」

「ふふっ、ありがと、サンドラさん」

「やっぱりカツラを被って正解でしたわね。いえ、いつもの短髪もお似合いですけれど、令嬢といったらやっぱり長い髪ですもの！」

「そうねぇ。ねえ、ところでサンドラさん……」

「わかってますわ」

サンドラはこくりと頷いてみせる。

「今夜は雰囲気を楽しむだけ、殿方に誘われて応じるのはダンスのみ。仮面をつけていても私たちは令嬢。節度は守って行動し、時間が来たらすぐ帰る」

「その通りよ」

「でも好みの殿方がいたらゲットしてよし!!」

「こらっ」

クリームグリーンの扇でぽふんと軽いて突っ込みを入れると、サンドラはてへりと笑う。

「だって、せっかく女として生を受けたのですもの。素敵な恋を楽しみたいと思いませんこと？」

「……」

ユベルティナは黙り込む。

恋。

恋と言われて目蓋に浮かぶのはロジェ副団長の真面目な顔と、蒼い瞳だ。

『お前は僕に恋をしてない』

そう言ったのは誰だったか――そうだ、元婚約者のデュランだ。確かにユベルティナはデュランに恋などしていなかった。

なのに。『恋』と聞いてロジェの顔を思い出してしまうとは……。

今日のこの会場に、ロジェも来ている可能性がある。

騎士団の制服姿しか見たことがないロジェ副団長の礼服姿は、きっとものすごく格好いいだろう。

まぁ、相手がこちらに気づくことはないと思うが――、なんといっても、今のユベルティナは『女装』している上に仮面までつけているのだから。

もしかしたらそうとは知られずに、ダンスに誘われたりして。そう考えると、なんだか胸がときめいてしまう。

まぁ実際はそんな楽観的なものではないだろうが。

きっと彼は、今夜もあの極寒の女避けオーラを発している。女嫌いのロジェ副団長が、舞踏会に来たくらいで変わるとも思えないから。

令嬢姿の自分では、睨まれるに決まっている。

それを考えると、なんだか愉快な気分になってくる。

遊び相手を探そうと浮き立つ貴族たちの中、ひとり周囲の女性を睨みつけるスラリと背の高い仮面の男。当然そんな人物の周りに人は寄りつかず、彼はひとりぽつねんと壁の花ならぬ畑の大根にでもなっているだろう。しかもユベルティナのことを勘違いして睨みつけてくるのだ。そんなの、面白くないわけがない。

「さ、行きましょサンドラさん！　素敵の恋でもなんでも、節度を守ればオッケーよ。あなた好みの素敵な男性があなたを待ってるわよっ！」

「それって、仮面をつけていたらわからないことなんじゃなくって？」

「確かに。サンドラさんったら冴えてるわね！」

「それほどでも～」

笑い合いながら、ユベルティナとサンドラは仕度室を出ていく。


溢れるシャンデリアの光、楽しげな音楽、饗された酒や料理の華やかな香り——

会場はすでに大賑わいだ。

「うわー、本当に素敵ですわね！」

「えぇ。なんだかワクワクしちゃうわ！」

舞踏会という華やかな催し——しかも、それぞれが思い思いの仮面をつけている。それが独特な妖しさを醸し出し……

「きゃーっ、素敵な殿方がいらっしゃいますわ！」

「え？　仮面被ってたら顔なんか見えないって言ってたじゃない——」

「きゃっ、こちらを見ましたわ素敵！　わたくし、お近づきになってまいりますわね！」

「え、ちょっと待って！」

というわけで、会場につくやいなやピュンと飛んでいったサンドラを慌てて追いかけるユベルティナだが、サンドラはすでに男を捕まえてあっという間にダンスホールで踊りはじめていた。

「もうっ、しょうがないんだから……」

ともに来た友人を早々に失ったユベルティナは、苦笑しながらひとりで壁の花となる。

そして改めてあたりを観察してみた。

飲み物片手に談笑する仮面の男女、踊るペアたち、隅のほうでは楽団がアップテンポな音楽を奏でている。

（ああ、華やかぁ……！）

思わずユベルティナはニヤニヤしてしまう。

普段は男装して騎士団で働いているため、こういう華やかな場所は本当に久しぶりだった。そしてユベルティナは、こういう華やかな場所が大好きなのだ。

すると、ひとりの男性が話しかけてきた。

「美しいお嬢さん、よろしければ私と踊っていただけないでしょうか」

「えっ、あの」

「どうぞ」

男は少し腰を落として手を差し出す。

そのとき、脳裏になぜかロジェの冷たい蒼い瞳が浮かび――ユベルティナは差し出された手をとることなく、ふるっと首を振った。

「ごめんなさい。せっかくのお誘いですけれど、わたしはここで眺めているだけで十分楽しいんです。ですからどうか、他の方を誘ってくださいませ」

……あくまでも、火遊びの雰囲気を楽しみたいだけだから。

そう思いながら心に浮かぶのは、ロジェの姿だ。

彼はこの舞踏会に来ているのだろうか。アレクシス殿下に護衛がてらに誘われたという話だったし、まさか欠席なんてことはないだろうが――

（……もしかしたら、違う会場とか？）

仮面舞踏会がどれだけ流行っていて、どれだけの数が催されているのかは知らないが。今夜、違う場所で、同じように仮面舞踏会が開催されていて、そちらにロジェが出席している――なんてことも可能性としては考えられる。

だとしたら、残念きわまりない。ロジェの礼服姿を見たかったし、あわよくば一曲踊りたかった。ロジェに、会いたかった。

（なんで、わたし……）

ユベルティナは心ここにあらずといったように、そっとため息をついた。なんで自分はロジェ副団長のことばかり考えてしまうのだろう？

すると。突然、目の前の男性が強引にユベルティナの手をとって、握りしめてきた。

「えっ⁉」

「失礼します、お嬢さん。あなたのような美しい女性をこんなところでひとりにしておくわけにはいきませんからね」

「ま、待ってください！」

振りほどこうとしたが、男の力は強く、びくともしない。

（え、ちょっと。こんなの……ロジェ副団長……！）

思わず周囲を見回すが、当然ながらロジェはいない。というか、ロジェにばかり頼っているのが情けない。ナンパを断るくらい、自分でだってできる！

「困ります。今はそういう気分じゃないんです。放してください！」

「まあまあ、そう言わずに。踊ってみたら楽しいですよ。僕のエスコートは絶品だと、令嬢方に大評判なんですから」

そのまま引きずられるようにダンスホールへ連れていかれそうになった、そのときだった。

「……すまない、待たせた」

聞いたことのある声が、ユベルティナの耳に届いた。

思わず振り返ると、そこにいたのは――

ユベルティナは、自分の心臓が大きく跳ね上がるのを感じた。

彼は繊細（せんさい）な蔦模様（つたもよう）の入った白い半仮面（ハーフマスク）をつけていたが、そんなものユベルティナにとってないも同然であった。仮面の奥の蒼（あお）い瞳が、間違いなくロジェだったから。

やはりこの仮面舞踏会に来ていたのだ。

黒い礼服を着た彼の姿はいつもの騎士の制服よりフォーマルな印象で、騎士というより、公爵令息としての面を強く醸（かも）し出していた。

ロジェはユベルティナの手を掴んだ男に向かい、低く威圧するように言う。

「彼女は私のパートナーです。お手を放していただけますか」

「なんだお前は？　僕は彼女と話をして……」

「彼女は私のパートナーです」

有無を言わさぬ口調だった。しかし男も負けていない。

「ここは貴族の社交場だ。誰と誰が踊るのも自由だろう？」

「なるほど、一理あります。ですが彼女はそれを望んではいないようです」

「そんなこと知らないよ。いいからどけ、僕は彼女を誘っているんだ。――痛たたたたたっ」

突然、男は悲鳴を上げた。ロジェが手を捻りあげたのだ。

「二度は言いません。さっさと消えたほうが身のためです」

「くそっ……」

男は舌打ちをしてユベルティナから手を放すと、悔しげな様子でその場を離れていった。

ユベルティナは呆然としながら、ロジェを見る。

「あっ、あの……どうもありがとうございました。その……」

ロジェ副団長――ですよね？　その言葉が喉まで出かかったが、のみ込んだ。

誰何するのは、仮面舞踏会のルールに反する。

ロジェはコホンと軽く咳払いすると、「無事ならそれでいいです」とだけ言い、踵を返そうとした。

「っ、あの！」

慌てて、ユベルティナは彼の背中に声をかけた。

「なにか？」

ロジェは足を止め、振り返る。

「えっと……、その。私と踊っていただけますか？」

とっさに言ったそのひとことに一番驚いたのは、他でもないユベルティナ自身である。

自分でも、なんでそんなことを言ったのかわからない。ロジェが行ってしまう！　と思ったら、なぜか引き留めていた。

「そのっ、また、もしかしたらあの男性が来るかもしれないし。あの人しつこそうだし……」

しどろもどろに言い訳を重ねるユベルティナにロジェはくすりと優しく微笑むと、ユベルティナに向かって手を差し出す。

「ご希望とあらば。付き合いましょう、ご令嬢」

あっ、とユベルティナは声に出しそうになった。

そうだ、いま自分は女装――というか令嬢の姿なのだ。しかも仮面まで被っている。

ロジェと相対するときの癖で低めの声でしゃべってしまったが、そんな必要もないのだった。

騎士団の男装姿しか知らないロジェには、自分は他人にしか見えないのだから。

とにかく。ロジェは、ダンスの誘いを受け入れてくれた！

「あっ、ありがとうございます！　――紳士様！」

高めの声で思わずロジェの名を呼びそうになり、慌てて『紳士』と改める。

ユベルティナの気のせいだろうか——ロジェは少し苦笑したようだった。

「では、参りましょうか、ご令嬢」

「は……はい、紳士様」

差し出された手にためらいがちに触れると、彼は軽く握り返してくれた。さらりとした手のひらの体温が心地よくて、さらに胸が高鳴る。

そうして、ふたりは連れだってダンスホールへ向かった。

向かい合って組み合い、楽しげな曲に合わせて、目を合わせて「せーの」で踊り出すと……

(うわぁ……!)

現実感のなさが、ユベルティナの心を躍らせた。

裾がひらひらと舞うドレスを着て、美しい音楽に乗ってくるくると回りながら踊るふたり。

触れ合う手が……腰に回された手が、熱い。

ロジェの吐息が頬にかかりそうなほどの近さに、ユベルティナの鼓動は早鐘のように鳴り響く。

いつもより近い距離にある仮面の奥の蒼い瞳が、どんな宝石よりも美しい。

(夢なら覚めないで。曲、終わらないで!)

ユベルティナはロジェのリードに合わせて軽やかにステップを踏んでいく。ロジェも楽しんでくれているだろうか？　自分と同じように感じてくれていたら嬉しいのだが……

ロジェもまたこちらを見ていたようで、目が合って微笑む。

ユベルティナはぽーっとなって、彼の瞳に見とれた。

ドキドキと高鳴る胸は、この場の雰囲気のせいか。それとも、この近さならさすがに正体がバレるかもしれないからか……

（……え？）

そこではたと、ユベルティナは気がついた。

（わ、わたしったら、どうしてこんなことを……!?）

こんな近距離で、こんなことをして。

さすがにここまで近づけばバレるのではないか？　自分がユビナティオだと——しかも、女だと。

バレたらいろいろとまずいことになるのに。

積み上げてきたものが崩れてしまう。双子の弟の夢とか。ロジェから得てきた信頼だとかが。

いや、いつもとまったく違うユベルティナである。これだけの至近距離とはいえ、この令嬢姿がユベルティナだと気づかない可能性だって大いにある。

（気づいてない……よね？）

そうして一曲が終わり、ふたりは礼をして離れた。

「お上手ですね。とても美しく踊っておいででした」

「そ、そんなことは。紳士様のリードがうまいからですわ」

その言葉に微笑んだロジェは、軽く会釈して去っていこうとし、ユベルティナも今度はそれを止めなかった。

残念だが、彼とはもう近づかないほうがいいだろう。身の安全のために。

だが、背を向けたロジェを聞いたことのある声が制した。

「おい！　どういうことだよお前！　お前が女の子と踊るなんて！」

全面ビジュー貼りのキラキラしい半仮面（ハーフマスク）をつけた金髪の青年が、人をかき分けて近づいてくる。

「っ、厄介な……」

ロジェの舌打ちと低い呟きを、ユベルティナは聞き逃さなかった。どうやらあのキラキラ半仮面（ハーフマスク）は彼の知り合いらしい。

ロジェはユベルティナの手をとると、無言で歩き出した。

「え、あの」

「しっ、黙って。……私についてきてください。話はあとです」

ユベルティナはわけがわからないながらも、とりあえず彼の言う通りにした。

ロジェは足早に会場を横切り、出口へ向かう。

途中、振り返ってみると先ほどのキラキラ男が追いかけてくるのが見えたが、人混みのせいでロジェに追いつくことはできず、諦めたようだった。

ロジェはそのまま歩を進め、静かな廊下に出てもまだ進み、やがて……

ひとつの小部屋にするりと入り込んだ。

ロジェに連れ込まれたその部屋は、ソファーセットとテーブル、それに天蓋つきベッドがあるだけの簡素な空間だった。

ユベルティナとて、ここがなんなのかわからないわけではない。

ここは、控え室だ。パーティーで知り合い意気投合した男女がひとときの夢を見る場所……、平たくいえば、そういうことをする場所、である。

「えっと。あの。こっ、これはいったい……」

「ここならばあの男も入ってこられないでしょう。すみません、しばらく一緒にここに隠れていてくださいませんか。あの男はあなたのことも狙ってくるでしょうから」

「狙ってくるって……」

「聞かれたくないことも根掘り葉掘り聞いてくるものと思われます。あなたのためにも、私のためにも、どうかここにいてください」

「え、えっと。はい」

誰であろうロジェにここまで言われたのである。ユベルティナはおとなしく従うことにした。

それにロジェの言う通り根掘り葉掘り聞かれるのだとしたら、困るのはユベルティナとて同じだ。

ロジェは、あのキラキラ男から逃れるためにこの部屋に入り込んだのか。

ソファーに座り、ユベルティナはここに来るまでにあったことを整理する。

仮面舞踏会に来たら、一緒に来た友がさっさと男性を捕まえて、ユベルティナはひとり壁の花となって会場の雰囲気を楽しんでいた。そこにナンパ男が来て無理やり踊らされそうになり、それを助けてくれたのがロジェである。

一曲踊り、去ろうとしたロジェだったが、キラキラビジューの知り合いが来たのが嫌で、ユベルティナを連れて控え室――『そういうこと』をする場所に逃げ込んだ。

重要なのは、ロジェが目の前の令嬢がユベルティナだと気づいているのかいないのか、ということだが――、正直これはよくわからない。

まさか『わたしがユビナティオだと気づいていますか？』など聞けるわけがないし。

改めて、ユベルティナは自分の姿を見下ろした。

白いレースのついた、淡い水色のドレス……。首元には青い宝石の薔薇のネックレスがほの暗い部屋でもきらめいている。髪は結い上げ、顔は半仮面(ハーフマスク)で覆(おお)っていた。どこからどう見ても、仮面舞踏会に参加した貴族令嬢にしか見えない格好だ。

つまり、普段騎士の制服を着て男として彼の下で働く『ユビナティオ』とは似ても似つかない姿である。ならば、気づいていないかもしれない。

「巻き込んでしまって、本当にすみません」

ロジェはそう言って、頭を下げた。ユベルティナは慌てて手を振って否定する。

「いえ、気になさらないでください。……あのキラキラしたお方って、どなたなんですか？」

「……皆が仮面をつけている意味を、よく考えてください」

彼は静かに言いながら、自分はベッドの端に腰かけた。

「あ……」

ユベルティナは思わず声を上げた。

この仮面舞踏会では、参加者は全員、素性を隠すために仮面をつけている。しかもドレスコードとして、自分の身分を明かすものは身につけないことになっていた。

だからここにいる間は、誰がどの家の者で誰の友だちか……などという詮索は、無粋なのである。

ユベルティナは素直に謝った。

「……そうですね。失礼いたしました」

「ここではお互いさまなのです、ご令嬢。私もあなたのことは知らない。どこの誰かなどわかりもしない。あなたも私のことは知らない……。それが、ここのルールです」

このロジェの口ぶり……、自分がユベルティナだと——いや、『ユビナティオ』だと気づいているような気がする。いや、そうでもないのだろうか？　曖昧だが、その答えをはっきりさせること自体がルール違反であると、ロジェは言っている。

もしユベルティナに気づいていたとしても、彼は『私はあなたを知らない』と言い切るだろう。

ユベルティナにとっても、目の前の仮面の男は、もしその正体に気づいていたとしても……名も知らぬ初対面の紳士でしかないのだ。

（よかった。じゃあ、わたしがユビナティオだって気づかれていたとしても、バレたってことにはならないなんだ）

もちろん、本当にバレないに越したことはないないのだが。それでも身の安全は担保されたのである。

「舞踏会は夜通し続きます。あの男はわりあいしつこいので、今夜はここで過ごすのがいいでしょう」

ロジェはそういうと、ベッドに横になった。

「あなたもどうかリラックスしてください。……別に襲(おそ)ったりしませんから、どうかご安心を」

襲(おそ)わない――、その言葉に、ユベルティナの胸の高鳴りはほんの少しだけ萎(しぼ)む。

自分たちは『見知らぬ』男女として、『そういうこと』をする部屋に、ふたりっきりでいるのに。

（ちょっ！　なに考えてるの、わたしったら……！）

ちょっとでもいけないこと期待してしまった自分に、ユベルティナはふるりと首を振った。

それから、闇の中、ベッドに寝転ぶロジェに目をやる。

（……ロジェ様は、どう思っているのかしら）

そう思いながら見る彼の顔は、仮面で隠れていてもなお精悍(せいかん)さを感じさせた。

寝転がった均整のとれた肉体に、闇に沈むかのごとき黒髪がよく似合う。口元は、いつも通りのへの字口で――ユベルティナは思わずくすりと笑ってしまった。

こんな部屋に来てまでムスッとしているし、そこに半仮面(ハーフマスク)を被っているのが、いささか滑稽(こっけい)に見えたのだ。

「なにか？」

ロジェはうろんな目で、ソファに座ったユベルティナを見つめる。

「もっ、申し訳ありません」

ユベルティナはハッとして謝った。

「その、こんな部屋に来てまでムスッとされているのを見たら、なんだか面白くなっちゃって」

「別に、そういうつもりでここに来たわけではありませんからね」

ロジェは丁寧な言葉遣いを崩さず、天井を見上げたまま呟いた。

「ところで、……………私には、部下がいます」

「え？」

「あなたと同じように、どうでもいいことでくすりと笑う男です。私は、それを……」

言いよどみ、決意したように口を開く。

「私はそれを、好ましいと思っています」

「え」

ユベルティナの心臓がトクッと脈打つ。

(それって、わたしのことよね？)

まさかそんなふうに思ってくれていたとは……

「彼は、身体が弱いと聞いていたのに、そんな素振りも見せずに頑張ってくれています。そんなところも好ましいと、私は思います」

「あ……、あは……」

これには苦笑するしかないユベルティナである。本物と入れ替わったあとのことを考えて、もう少し身体が弱い振りをしたほうがいいのかもしれない。

「ですが」

ロジェの声が急に険しくなる。

「その彼ですが、どうも……、最近トラブルに巻き込まれることが増えたのです」

「そ、そうですか」

「不用意にスライムに餌を与えて懐かれてしまったり……」

「うっ」

「その上、彼と…………その。妖しい雰囲気のようなものになってしまったり」

「うぅっ」

的確なロジェの愚痴に、心にグサグサと矢が突き刺さる。

「私は女性が苦手でして。それで、まあ……」

寝転んだまま、ふっと息を吐くロジェ。

「友人がお節介を焼いてくるのですよ……」

「お節介、ですか？」

「はい。私が部下とそういう関係に見えたらしく。それなら本物の女と触れ合わせてやる！　と。しかも自分の護衛を任務として押しつけてきました。お節介以外の何者でもありません」

「そういうことだったんですか」

ユベルティナは、ロジェがなにを言おうとしているのか理解した。

（……つまり）

女嫌いを克服させようとお節介を焼いてくる友人、というのはアレクシス王子のことだろう。今回この仮面舞踏会にロジェを誘ったのもアレクシスだ。

……この仮面舞踏会を企画したのが誰かは伏せられているが、王族の誰からしいということは、この会場が王族の別邸であることからも推察できた。つまり、この仮面舞踏会自体がロジェのためにアレクシスが主催したものである可能性もあるのだ。

あとはピクニックのときと同じだ。『王子を護衛しろ』という命令が下ったのだとすれば、ロジェは仕事として請け負う他ない。

(うわー……)

原因は、確かにユベルティナであった。

(あ、謝ったほうがいいよね?)

そう思うのだが、今ここでユベルティナが謝れば、「自分はあなたの部下のユビナティオが女装した姿で、本当は女性のユベルティナです」とバラしてしまうことになる。

それは、非常にまずい。

だから、ユベルティナは――、謝れないのならせめても、と思い。

「女性が苦手なのでしたら、わたしが苦手克服のお手伝いをいたしましょうか?」

……と、言っていた。

それを聞いた途端、ロジェの雰囲気が変わった。

「私の女性嫌いを克服させる？　あなたが？」

仮面の奥から送られてくるロジェの視線が、明確に苛ついている。

「あ、いえ。あの……、そういう……縁っていうか。助けていただきましたし……」

――ロジェの機嫌を、損ねた⁉

そのことに慌て、自分でもよくわからないことを口走るユベルティナ。

「ほっ、ほら、女性が苦手と言いつつわたしとはダンスを踊ってくれましたし」

……そうだ。だからきっと、ロジェはユベルティナのことに気づいている。その上で、彼はナンパ男から助けてくれたのだ。スライムから助けてくれたときのように。

いいや、初めて出会ったときだって助けてくれたではないか。犬に飛びかかられていたとき、助けてくれた。その他にも、たくさんのことから守ってくれている……

「あなたはわたしを助けてくださいました。ですから、今度はわたしがあなたを助ける番だと思うんです。ですから……」

「ならば」

苛立ちを含んだ声で、ロジェは寝転がったままユベルティナの言葉を遮(さえぎ)った。

「私とキスできますか」

「……えっ？」

「それが一番手っ取り早いと思いますがね。私に女嫌いを克服させようというのならば、あなたが私に女のよさを教えてみせればいい」

「…………そ、それは」

確かにそうだ。ピクニックのとき、アレクシス王子と一緒にいた女性たちのことをあれだけ睨(にら)みつけた男である。それほどの女性嫌いを克服させようというのなら、女のよさを身体に叩き込む、くらいの荒治療が必要だろう。

だが、それは……

「できもしないことを提案なさったのですか。人を馬鹿にするのも大概にするべきですね」

ごろん、と寝返りを打って背を向けるロジェ。

ユベルティナはしばらく無言だったが、やがてぽつりと言った。

「馬鹿になどしていません。あなたは私の恩人ですもの。……できますよ、キスくらい」

ふんっ、と拳を握りしめて決意を込めると、ユベルティナはソファーから立ち上がった。勢いのままベッドの端まで歩いていき、腰かける。

ギシリ、ときしむベッド。

ロジェが息を呑む音が聞こえる。

ドックン、ドックン、と鼓動がうるさい。まるで耳元に心臓があるようだ。

「こちらを向いてくださいませ。……紳士様」

ユベルティナは、ロジェの背中を見つめて呟いた。

(わ、わたし、なにをしようとしているの……？)

ユベルティナは心の中で自分に疑問を投げかける。

……決まっている。ロジェの女性嫌いを克服させるのだ。そのために、キスを……

それだけだ。他意はない。いつも助けてもらっているのだから。今度は自分の番……。ロジェに恩返しするのだ。

「……」

ロジェは無言で体を起こした。

しかし、そんなロジェを直視できないユベルティナは、顔をうつむかせてしまった。

(自分でキスするって言い出したくせに。情けないったら……)

落ち込むユベルティナの肩に、ロジェの手が触れる。

ビクリ、と震えるユベルティナ。

「ご令嬢。人を馬鹿にするのもいい加減になさい」

「馬鹿になどしていな――」

……っ。

ユベルティナの言葉は、ロジェに遮(さえぎ)られていた。……その唇によって。

「……!」

驚きすぎて固まってしまったユベルティナは、目蓋(まぶた)を閉じたロジェの顔が間近にあるのを見て、目を疑った。

半仮面(ハーフマスク)をしたロジェが、キスしてきている!

(うそっ!?)

嘘ではない。それどころか、これはユベルティナがしようとしていたことでもある。

「……あなたが悪いんですよ」

口を離したロジェが、蒼い目を薄く開けて熱っぽく囁いた。

「私は必死に抑えていたのに」

「え、あ……」

「私を煽った責任、とってもらいますからね」

あまりの出来事に頭が真っ白になるユベルティナ。

なぜ？　どうしてこうなった？　自問するが、答えは決まっている。ユベルティナが自分で誘ったのである。

（結局わたしが原因じゃないの！）

「ご令嬢……」

「す、すみません、紳士様。決してあなたを馬鹿にするつもりは」

囁きながら、ロジェは再び唇に口づけ、そして、ユベルティナの口に自分の舌を差し入れてきた。

（……っ！）

口内を蹂躙する熱い、ぬるりとした感触。思わず身を引こうとするが、いつの間にか後頭部をしっかりと押さえられていて動けない。

ロジェの舌先がユベルティナの歯列をなぞり、口蓋や頬の内側もくすぐるように舐めていく。そのたびにゾクッとした感覚に襲われて、ユベルティナは身を震わせた。

「あ……んぅ……んんっ」

息継ぎをするたびに、甘えたような鼻にかかる声が漏れてしまう。あまりのことに、ユベルティナの目尻には涙が浮かんでいた。

「ご令嬢……」

ロジェは夢中になったように何度も角度を変え、ユベルティナの口内を貪(むさぼ)る。

「んぅ……」

ユベルティナの口から艶(なま)めかしい声が漏(も)れる。

(なにこれぇ……。恥ずかしいよぉっ)

自分から言い出しておいてなんだが、やっぱり無理だ！

ユベルティナはロジェから離れようとするが、ロジェはそんな彼女の気持ちを知ってか知らずか、さらに強く抱き寄せた。

「逃げないで、ご令嬢。私の女嫌いを治すのでしょう？」

ロジェの手が、そっとユベルティナの胸に伸びてくる。

止めようとユベルティナが手を伸ばすも、制止などまったく意味をなさず、ロジェの手は強引に胸に触れた。

――が。ビクリと、その手が固まった。

そして、ゆっくりと確かめるように、やわやわとドレスの上から胸を揉(も)む。

「んっ、んんっ……」

揉(も)まれるたびに甘い刺激が背筋を走り、ユベルティナの身体はキスをしたままピクッピクッと小さく跳ねる。

ようやく唇が離されると、ロジェはユベルティナを見つめたまま、言った。

「ご令嬢。これは……」

ロジェは目を丸くしていた。

しかしすぐにニヤリと笑みを浮かべると、もう一度ユベルティナの唇に熱いキスを落とす。

「……ご令嬢、可愛らしいご令嬢。……私のご令嬢」

キスは唇を離れていき、顎、首筋、鎖骨へ移っていく。

「んっ、あっ……」

移っていくキスのくすぐったさに、ユベルティナは体を捩った。

「ドレスを脱がせますよ」

「……っ」

どう返事をしたらいいのかわからず、ユベルティナはされるがままにドレスを脱がされる。

ユベルティナは、ビジューきらめく半仮面をつけたまま下着姿になった。なんだかいけないことをしているようで——実際、いけないことをしているのだが——、胸元の青い薔薇を模したネックレスが余計に淫靡さを醸し出し、ユベルティナのドキドキが加速する。

ユベルティナは豊満な胸を手で覆った。

「は、恥ずかしいです。見ないで……」

はぁっ、とロジェは熱い吐息をつく。

「どうして。こんなにも綺麗なのに……」

「……っ」

直球の言葉を囁かれ、ユベルティナは顔がカァッと熱くなる。

「あ、あのっ、私、こういうのは初めてでっ」

「はい」

「女嫌いを克服させるって言ったのに、すごい弱気なんですけどっ、だから、そのっ」

ユベルティナは真っ赤になりながらロジェを見上げた。

やめてほしいわけじゃない。……自分でも驚いているが、それが本心だった。

彼に、情熱的な視線でもっと見つめてほしい。あのしなやかな指先でもっと触れてほしい。

彼の熱を感じたいのだ。身体の隅々まで。――本能が、それを求めている。

だから、ユベルティナが願うのは。

「優しくお願いします……！」

「……」

ロジェはしばらく無言でユベルティナの顔を見たあと、半仮面から露出した薄い唇をにっこりと微笑ませた。

「……わかりました。精一杯、優しくします」

「お、お願いしますっ」

ロジェの言葉は信頼できる。第一、ロジェが優しくなかったことなんか、ない。

ブラジャーのカップがゆっくりと引き下ろされ……、プルン、と音がしそうなほどの勢いで胸がまろびでる感覚に、ユベルティナは妙な解放感すら覚えた。いつものようにサラシで押し潰していたわけではないが、やはりこのサイズをブラジャーにしまっておくのは窮屈なのだ。

「大きいな……、ほんとうに、いつもどこに隠してるんだ」

どこか笑いを含んだ声で言い、ロジェが大きな乳房に手を伸ばす。

彼の手は大きく、優しい。当たり前だがロジェは体温を伴っていて、その事実がユベルティナの官能を刺激する。

(ロジェ様の、手……)

ユベルティナの胸はその手に収まりきらず、柔らかく形を変える。その感触を楽しむように何度か揉むと、ロジェは指先で乳首をそっとつついた。

その瞬間、冷たいような快感が走り、ユベルティナは思わず声を上げる。

「ひゃんっ」

「ご令嬢……、可愛いですよ……」

囁きながら、ロジェはユベルティナの乳首を、指先でくにくにとこねるように愛撫する。

ユベルティナの乳首はおねだりするように勃ち上がっていった。

「あ、やっ」

「可愛いですよ、ご令嬢……」

「やっ、恥ずかしっ、ですっ……」

恥ずかしさに身を捩るが、もちろん逃げられるわけもない。むしろ、ロジェに感じているところを見せつけてしまうだけだ。

「あなたはすごく可愛らしいです、ご令嬢……。ああ、それにしても大きい……」

ロジェはそう言うと乳房を下からすくい上げるように持ち上げ、パッと離した。その反動で乳房が柔らかくたゆんと揺れる。何度も繰り返されるその刺激は、ユベルティナにくすぐったいような快楽をもたらす。

「ん……っ」

「可愛い。大きい。本当に可愛いし大きい。でも、こっちも気になります……」

熱っぽい声とともに、指は胸を離れて下へと移っていく……

ロジェの手は腹部を通りすぎ、腰骨を撫で、そして……ユベルティナの、誰も知らない部分へたどりつく。

叢を分け入った彼の指が、くち、と甲高い水音を奏で、火が点いたように身体が熱くなる。

「や、あんっ」

「濡れてる……」

初めての場所に、初めての強い刺激。

ユベルティナは首を振って快感をやりすごそうとするが、そんなものが通用するはずもない。

ロジェが指先で、そっとそこをなぞる。指の動きに合わせて、くちゅり、くちっ、といやらしい音が響いた。

その音に、ユベルティナの羞恥心がいっそう高まっていく。

「や、あ……、だ、だめです、そんなところ……」

「嘘ばっかり。こんなに濡らして……。ほら、聞こえますか？」

ロジェの中指が、何度も何度も秘裂をなぞり上げる。

そのたびに蜜壺からは愛液が溢れて、いやらしく淫靡（いんび）な音を奏でた。

「ほら……こんなに」

くちゅっ、くちゅっ。秘所がはしたない音を立てて指と戯れている。おそらく、ロジェはわざと激しい音を立てている。ユベルティナの官能を煽（あお）るために。——そんな事実さえ、ユベルティナの感覚を昂（たか）ぶらせた。

「あ、んっ」

「あなたは感じている。そうなんでしょう？」

「んっ、いじわる……っ」

「いじめたくもなります。こんなにも可愛いあなたを見てしまっては……」

「あっ、やぁっ」

ユベルティナは顔を真っ赤にして首を振ることしかできない。

ロジェの指は勢いを止めない。それどころか、ぬかるんだ割れ目をなぞりあげ——くぷっ、と指の先端を差し入れてきた。

「ひゃ……っ！」

「痛いですか？」

「ん、ちょっと……！」

「すみません。でも、ちゃんとほぐさないと」

ロジェはそう言うと、中指で浅い部分をかき混ぜるようにしながら、次第に深度を深めていく。

「ふぅ、ん、うん……っ！」

ユベルティナはロジェにしがみつく。

（ロジェ様の、指……っ！）

初めて他者を受け入れるそこは、蜜液で濡れそぼっているおかげか、わりとすんなり指を受け入れていく。ただ、強烈な異物感はある。

「……力を抜いてください。大丈夫、ゆっくり慣らしていきますから」

ロジェは慎重に指の抜き差しをはじめた。宣言通り、ゆっくりと……

「ん……ふぅ……ぁっ……」

しばらくすると、ユベルティナにも余裕が生まれた。少しずつだが痛み以外の感覚が出てきたのだ。

「気持ちよくなってきましたか？」

「わか、わかりません……」

「じゃあ、これは？」

言いながらロジェは、同時に親指で敏感な花芯を刺激する。押し潰された花芯は、甘い痺れをユベルティナにもたらした。

「……あっ、ああっ、ああっ！」

それは、今まで経験したことのないような快楽だった。

「可愛い……、可愛いですよ、ご令嬢。ん……」

ロジェが再び唇を重ねた。舌と舌がねっとりと絡まり合い、お互いの唾液が交換される。

その間も指は動き続けていて……、ユベルティナは、その動きに合わせるように、我知らず、腰を揺らめかせていた。

（あ……、あんっ、ロジェ様、ロジェ様ぁ……）

ロジェと密着し、キスをしながら——彼のしなやかな指を自分の中に受け入れている。

いつもはムスッとした堅物上司なのに。それがこんなに情熱的に、ユベルティナを責め立ててくるだなんて。

いつもユベルティナを守ってくれて、かっこよくて、頼りになって、優しいロジェ副団長が。

そんな人の指が、いま自分の中にいて、かき回してきている……

その事実が、ユベルティナの身体をさらに熱くする。

「あ……ん……っ」

なんだか、身体がおかしい。未知の感覚にユベルティナは戸惑い、ロジェに助けを求める。

「わ、わたし、なんか、なんか変です……っ」

はぁはぁと息をつきつつ訴えると、ロジェは指の動きを止めて耳元に口を寄せた。

「いきそうなんですね。大丈夫、そのまま私に身を任せていてください」

「い、く……？」

「女性が気持ちよくなって、頂点まで達することですよ」

「で、でもそんなの、恥ずかしいです……っ」

「誰も見てない、見ているのは私だけだから……」

再びぐちゅぐちゅと焦らすように指を動かしながら、ロジェは甘く囁く。

「私に見せて……、君がいく姿を……」

「……っ」

耳元にかかる熱い吐息が、快楽に変わる。

ロジェは、だんだん指の動きを大きく、激しくしていった。その動きがユベルティナの官能を奥から引き出していく。

ぐちゅぐちゅという、淫靡な音が静かな室内に響き渡っていた。

ユベルティナは全身を震わせ、そして——

「や、ダメっ、なんか、変、変なのぉっ!!」

隘路がきゅうっとロジェの指を締めつける。ユベルティナの身体が小刻みに震えたかと思うと、次の瞬間、がくっと脱力した。

「あっ……、はぁ……はぁ……」

初めての絶頂に放心状態のユベルティナを見ながら、ロジェは満足げに微笑んで指を引き抜く。

「ああ……可愛い……、君はなんて可愛いんだ……」

ロジェは指についた蜜を、愛おしげに舐めとる。

「君の蜜も……美味しい……」

「……あ……はぁ……っ」

ユベルティナは絶頂の余韻にたゆたうことしかできない。

ロジェは優しくユベルティナを抱きしめ、頬を寄せた。すると、彼の半仮面とユベルティナの半仮面が軽くぶつかり、カチリ、と音を立てる。

「あなたに負担をかけることは本意ではない。少し、休憩しましょうか」

「は、はい……」

よくわからない。休憩することが正しいのか、どうなのか。だがロジェがそう言うのなら……

ユベルティナはその言葉を聞こうと思った。

「大丈夫です、ご令嬢」

そっとロジェに頭を撫でられるユベルティナは、すでに夢うつつである。確かに少し、休憩したほうがいいかもしれない。

「時間はたっぷりあるんですから。次にあなたが目覚めるときには、きっと……」

その言葉を最後に、ユベルティナの意識は深い眠りへ落ちていった……

ユベルティナが次に目覚めたとき、室内はまだ暗く――

あんな思わせぶりなことを言っていたロジェの姿はなかった。だがユベルティナの身体は清められ、きちんとドレスまで着ていた。もちろん仮面だってそのままだ。

「夢……？」

控え室のベッドにひとりで寝ていたユベルティナは、半身を起こして首を傾げる。

だが、下半身に残る違和感が、夢ではない、と告げてくれた。

「……嘘でしょ」

あの副団長と、いたしてしまった。その事実は、まるで夢の中の出来事であるかのように現実感がない。本人がいないからだろうか。

ロジェ副団長、格好よかったなぁ……、なんてぼんやりと思いながら頬に手を当てると、半仮面（ハーフマスク）から露出した頬はすっかり熱くなっていた。

「ううう～……」

背を丸め、頭を抱えるユベルティナ。嫌ではない。嫌ではないどころか……

「…………」

うれ、しい。

「…………………………わたし」

今になって、ようやく気づく。

（わたし、ロジェ様のこと……）

犬からも、スライムからも、騎士団隊員たちの好奇の視線からも。ずっと守ってきてくれた彼のことを、頼もしい彼のことを。

いつの間にか、好きになっていた。

恋を、してしまったのだ。

だってしょうがないじゃないか、格好いいんだから！

「〜〜〜っっっ!!」

恥ずかしさに枕を抱きしめて悶える。そして、自分の気持ちを確かめるように呟いてみた。

「わたし……ロジェ様が好き……」

きゃーっ、と枕を抱えてもだもだする。

好き、好き、大好き。

言葉が脳裏に浮かぶたびに胸の奥がきゅんきゅんして、ロジェに引き出された官能すらも思い出してしまい、身を捩る。

「ああ、もうっ！」

明日だって仕事はあるのだ、いったいどんな顔で挨拶すればいいのか……！

そこではたと思い出す。そうだった。

自分には、そうもいっていられない事情があるのだった。

ユベルティナは男装して王立賛翼騎士団に入り込んでいるのだ。

「……ふぅっ」

ユベルティナは深呼吸してできるだけ落ち着くと、できるだけ冷静に出来事を整理する。

——当然、ロジェは気づいただろう。あそこまで濃い男女の交わりをしたのだ。ユビナティオが女であることとか、ベッドをともにしたのがそのユビナティオであることとか。

気づかれたからには、ユベルティナは退団させられてしまうだろう。なにせ王立賛翼騎士団は女子禁制の騎士団なのだ。

……だが。ここに、一筋の光明があった。なにせ、すべては仮面舞踏会での出来事なのである。今宵ここで抱き合ったのは、どこの誰ともしれない紳士と令嬢。そういうルールだ。

(これって、ギリギリセーフ……?)

ロジェが、ユビナティオの正体に気づいていようが、いまいが。

彼にとっては見知らぬ女性との一夜の過ちに他ならないのだ。それはそれで、とても寂しいが。

(この論で押し通せば、大事にならずに済む……かな?)

つまり、なかったことにしてしまえばいいのだ。

騎士候補生ユビナティオは仮面舞踏会には行っていない――そういうことにしてしまおう。

ロジェのことは好きだが、ユベルティナにだって譲れない目的がある。無理を承知で男装して女子禁制の騎士団に無理やり入団してしまうほどの、どうしても叶えたい目的が。

そのためには、蕩けるような一夜を夢にしてしまうのも致し方ない。

あんなに素敵だったロジェ副団長も……、夢だと思えば、きっと忘れられる。

「よし」

心にすきま風が吹いたかのような寂しさを感じたが、弟の夢を守るためにはそれしかないのだと、ユベルティナは自分に言い聞かせた。

翌朝。

深夜のうちに馬車であの仮面舞踏会会場から帰ってきたユベルティナは、自宅の自分の部屋で短く浅い眠りから目覚めた。中途半端な眠りで、頭がぼーっとしている。

「ふぁ……」

「お嬢様！　早く支度をなさってください！　騎士団のお仕事に遅れますわよっ！」

メイドのサーシャに叱咤されて渋々起き上がると、ユベルティナは洗面所へ向かった。顔を洗い、胸にサラシを巻いて潰し、騎士団の制服を着込んで短い髪を整える——その間、頭の中にあったのはやはり昨晩のことだ。

ユベルティナは鏡の中の自分をじっと見つめた。

短い亜麻色の髪。明るい紫水晶の瞳。男装をするまでもなく、よく美少年に間違えられる少年のような凛とした顔立ち。この自分が、ロジェ副団長と……

「どうなさいました？　お嬢様」

「な、なんでもないわ」

ギクッとしたが、ユベルティナは慌てて平静を装った。

こんなことを知られるのは、相手が気心の知れたメイドとはいえ、さすがに恥ずかしい。

しかも相手が勤め先の上司だなんて……

「そういえば、ひとつお耳に入れておいていただきたいことがあるのですが」

「なにかしら？」

「サンドラお嬢様のことでございます。昨夜は男性とのフィーリングが合わず、すぐに帰られたとのことでございます。ですからユベルティナお嬢様は心配なさいませんように……と、朝早くに使いの者が来ました」

「そうなの？　よかった」

ユベルティナはほっと胸を撫でおろした。

しかし、だ。サンドラには気をつけろと言っておいて自分が朝帰り——というか深夜帰りするだなんて、なんとも決まりが悪い。

そうだ、恥ずかしいけどやはりサーシャには言い訳くらいしておかないといけない。彼女は夜通しずっと会場で待っていてくれたのだ。

「あっ、あのねサーシャ。私……」

「お嬢様、人生っていろいろありますわよね」

鏡の中、サーシャは涼しい顔で言ってのけた。

「女が生きていればなおのこと、いろいろなことがあるものでございます。……と、そんなことを母が申しておりましたわ」

「……」

「ですから、私はなにもお聞きいたしません」

「あ、ありがとう……」

ちょっと拍子抜けしたが、ユベルティナは心の中でそっと安堵のため息をついた。――騒ぎ立てられるよりは、こうして流してもらったほうがありがたい。サーシャの気遣いに感謝だ。

「ほら、こんなことを言っている場合じゃありませんわよ。もう時間が迫っています！　お仕事のはじまりですわ！」

「ええ！」

「お食事はいかがいたしますか？」

「今日は食べないで行くわ」

「ではせめてお茶をお持ちいたしましょう」

「そうね、お茶くらいなら」

というわけでサーシャが淹れてくれたぬるめの紅茶をぐいと飲み干し、すっかり身支度を調えたユベルティナは、荷物片手に辻馬車の停車場へ慌てて駆け出したのであった。


ユベルティナは、副団長室の扉の前でふぅっとため息をついた。

あんなことがあったばかりで、どんな顔をして会えばいいのかわからない。……いや、あれは『夢』なのだから、どんな顔もなにも、普通の顔をすればいいだけだ。

ええい、女は度胸よ！

「ロジェ副団長、おはようございます！」

扉を開け放つと同時に、ユベルティナはことさら元気に気合いを入れて挨拶をした。

「ああ、おはよう」

ロジェはいつも通り、執務机から顔を上げて笑顔で挨拶を返してくれた。

――拍子抜けしてしまうくらい普通の顔をしているロジェである。

だが、こんな彼と、昨夜、自分は……

思い出してしまい、ユベルティナの心臓がドキッとした。

(ダメ、ダメ、こんなことじゃ。あれは『夢』よ。現実じゃないんだから……)

それからユベルティナは息を吸い込み、昨夜のことを『夢』にする、決定的な一打を繰り出すことにした。

「副団長」

「ユビナティオ」

だがふたりの声がピッタリ重なり、ロジェが苦笑して譲った。

「……どうぞ。そちらから言ってくれ」

「え、でも」

「いいから。私の用件はあとでいい」

「えっと、じゃあ……」

ユベルティナは戸惑いつつ、思い切って口を開いた。

「あの、昨夜のことですけど。仮面舞踏会には行ったんですか？」

「……行ったよ」

「それで、その。楽しかったですか?」

「ああ、とてもな」

眩しそうに微笑むロジェ副団長を見て、胸の奥がきゅんとする。彼がこんなに嬉しそうな理由を、この世でたったひとり、ユベルティナだけが知っている。

それと同時に。ああ、気づかれている……と直感した。

彼は確実に、昨夜の女性が『ユビナティオ』であることに気づいている。つまり、『ユビナティオ』が女であることにも気づいている。

それは、とてもピンチだ。女子禁制の騎士団から追い出されてしまう……!

動揺を隠しつつ、ユベルティナは腹の下に力を入れて白を切った。

「そうですか、よかったです。僕、行かなかったから」

……言ってしまった。

これでユベルティナは、仮面舞踏会には行っていないことになった。

つまり、ロジェが昨晩抱いたあの半仮面(ハーフマスク)の令嬢はユベルティナではなく他の誰かになったのだ。

それが、仮面舞踏会のルールだ。

「……は?」

「僕、仮面舞踏会には行ってないんですよ。だからその、ロジェ副団長が楽しかったなら、それはよかったなって」

ロジェは目を丸くした。

「君は不参加だったのか？」

「はい」

きっぱりと頷きつつも、ユベルティナは視線をさまよわせた。彼の真っ直ぐな瞳に——驚きを含んだその視線に、たじたじになってしまったのだ。

「あの……実はですね……。昨晩はちょっと、体調が悪くて……」

「体調が、悪い？」

「はい。気分が悪くて」

「……それは心配だな。大丈夫か？　医者には診せたのか？」

「そんな大したことじゃないんです。もうすっかり治りましたし」

「そうか。無理はするなよ……」

気遣わしげに見つめてくるロジェに罪悪感を抱きながらも、ユベルティナは内心ほっとする。

（……うん、これでよし）

ロジェも納得してくれたように思う。少なくとも、表面上は。

だが表面上だけでもいいのだ。ロジェは公爵家という高位貴族の出身である。貴族同士のルールは必ず守ってくれるだろう。

嘘をつくことに抵抗がないわけではない。昨日のあの甘いひとときをなかったことにするのだと思うと、反射的に泣きそうになる。……それでも、これでいいんだと自分に言い聞かせる。

だって、弟のために、ユベルティナは女とバレるわけにはいかないのだ。

「え、えっと、それで、ロジェ副団長のお話って、なんですか？」

「え？」

「いえ、さっき言いかけてたし……」

「ああ」

ロジェは視線を逸らし、ばつが悪そうな顔をした。

「いいんだ。もう忘れた」

「え……？」

「本当に、なんでもないんだ。気にしないでくれ」

「はあ……」

（うーん……？）

気になるけれど、まあいいかと思い直すことにした。ロジェがこう言っているのだから、きっと大した用ではなかったに違いない。

◇◇◇

ロジェは無言で執務机から立ち上がると、書類を持って歩き出した。

ユベルティナと朝の挨拶を交わしてから、数十分が経過したころのことだった。

「各部署に配達に行ってくる」

「それなら僕が行きます！」

「いや、私が行く。少し身体を動かしたい」

有無を言わさぬ口調で告げ、なにか言いたそうなユベルティナをそのままに、部屋を出ていった。

ロジェはしばらくそのまま歩き、やがて――

「……………………ふぅ」

廊下の途中で立ち止まって目を瞑り、そっと小さく息をついた。眉間に手をやり、いつもより多い数のしわを揉む。

（やはり、気にするなというほうが無理だ……）

情けないことだが、ユビナティオが気になって気になって、仕事に集中できなかった。

いつも通りの顔をするのに苦労したし、その心は乱れていた。

「……」

ロジェは再び、廊下をとぼとぼと歩き出す。

（ユビナティオ……。まぁ、仕方がないといえば仕方がないのか……）

ロジェ自身は、執務室で昨夜の続きをする気満々だった。

それは、自分でもびっくりするほどの、彼女を求める欲だった。女は嫌いなはずだし、性欲に振り回されるような愚かな男でもないはずだったのに。だが、もうそんなことはどうでもいい。彼女を求めるのに理由などいらない。

……昨晩、アレクシス王子の付き添いで嫌々出席した仮面舞踏会で、ユビナティオに会った。そのときは、ユビナティオが女装しているだけだと思った。

仮面舞踏会に出席するとは聞いていたが、まさかドレスを着ているとは思わなかったから、本当に驚いた。いつだったか妄想したドレス姿の通り――いや、それよりも数段可愛くて、口元がニヤけるのを抑えるのに苦労した。

本当に似合っていた。淡い水色のドレスを着た彼は、妖精かなにかのように、可憐で、とても可愛かった。とにかくもう可愛くて仕方がなかった。

もちろん、ロジェは昨夜の令嬢がユビナティオだということは一目で見抜いていた。

こんなところでそんな格好でなにをしているんだ、可愛いな。

喉まで出かかったその言葉を、まさか直接本人に言うこともできない。仮面舞踏会とはそういう催しだからだ。貴族たちが仮面をつけ、自分ではない誰かになりきり、知り合いではない誰かとの交流を楽しむ。そういう非日常を楽しむ場なのだ。

なので、ロジェはユビナティオに気づいていない振りをした。

そこまではよかった――女装の趣味があったのか、とてもよく似合っている……可愛いくて可愛くて死にそう……、なんて遠くから彼を見ているだけで、ロジェは満足だった。

ナンパされて困っていた彼を助けたのは、ほんの少しの嫉妬もあった。

彼の可愛さに気づいているのは自分だけでよかったのに、女装なんかするから可愛さが他人にまでダダ漏れになっているじゃないか、と。

だがその後の展開があまりにも予想外すぎた。

（まさか、あんなことになるとは……）

ユビナティオにせがまれて一緒に踊ったまではよかった。抱いた腰の細いことといったら。本当に男かと何度も疑ったものだ。

それにユビナティオとのダンスは――途中つっかえはしたものの、なかなかにセンスがよくて、踊っていてとても楽しいものだった。

それをアレクシス王子に見られてから、すべてが狂いだした。いや、あるべき場所に収まった、というべきかもしれない。

アレクシス王子にしてみれば、あの女嫌いのロジェが女の子とダンスを踊るのを目撃したのである。そりゃあ、問いただそうともするだろう。

そこに面倒くささを感じ――アレクシスにユビナティオの可愛さを知られるのも嫌だったし、だから、王子が絶対に追ってこないであろう場所に逃げ込もうと、控え室に向かったのだ。

もちろん、そのときに下心などはなかった。

いくら、逃げ込んだのが親しくまぐわうための場所とはいえ。彼の妄想で自身を硬くしたことがあるとはいえ。

それでもやはり、上司と部下、男と男。一線を越えることはしないでおくのが今後のためであるし、自分にはそれを成し遂げるだけの強い精神力があるのだと、そのときは、まだ信じていた。

それなのに、ユビナティオときたら。

『……女性が苦手なのでしたら、わたしが苦手克服のお手伝いをいたしましょうか？』

などと。

彼の痴態を思い出して自身が硬く熱を帯びたこともある相手に、そんなことを言われてしまえば、どうなるか。

しかも、滅茶苦茶可愛い女装をしている相手に。

——女嫌いのロジェ副団長、あなたは男である僕のことが好きなんでしょう？　それなら女装した僕が相手をしてあげますよ。それなら女嫌いなんてすぐに治るでしょう？

そう言われているような気がしたのだ。

馬鹿にされた、と。ロジェはそう受け取った。

馬鹿にされたのだから、相応の反撃をしてやりたい。そう思うのは自然の流れだ。

私を馬鹿にした罪を思い知らせてやる——

そう言い訳して、ロジェはユビナティオに欲望をぶつけることにした。

それでも、最後までするつもりはなかった。ほんの少しのお仕置きで怖い思いをさせて、ユビナティオが謝ったら許してやろう、と思っていた。なにせ、相手は守るべき部下なのだから。

……いや。言い訳を重ねたところで結果は同じだ。ロジェは我慢できなかった。

ユビナティオが欲しかった。自分のものに、してしまいたかった。

そのときロジェは、はじめてその感情を認識した。

男か女かなど、関係ない。

——私は、ユビナティオが好きだ。

そして、そこは愛を交わすための空間で。好きな相手が、誘ってきて。

これで我慢できる男など、いない。

ずっと奪いたかったユビナティオの唇は、想像以上にぷにっとして柔らかく、心地よいものだった。彼の反応は予想以上によかった。あんなに可愛い声を上げて。抱き心地のいい柔らかい乙女のような身体で。とろりとした甘いキスを……

もっと欲しい、と思った。ユビナティオが欲しい、と。

本能に突き動かされるまま彼の唇を貪り続け、そして彼の胸へ手を添え、硬い胸を手のひらに包み込もうとし——

そこにあったのは、柔らかい乳房だった。

——ユビナティオには、胸がある。

その意味を理解したとき、ロジェはあまりの衝撃に……自分の感覚の正しさに、ただただ舞い上がった。同時に、強烈な欲望の昂ぶりを覚えた。

相手が男だからと抑えつけていた感情が、一気に溢れ出したのだ。

（ユビナティオ……）

この手で彼女の隅々にまで触れたい。深く繋がりたい。愛し合いたい——

それからしたことは、正直、よく覚えていない。とにかく彼女が可愛くて艶っぽくて最高だったことだけが頭に残っている。

彼女が達して——ロジェの指で、だ。最後までしていないことだけは覚えている。大事なことだ。

そのまま気絶するように眠りに落ちたユビナティオのあまりの可愛さに自身も気絶しそうになりながらも、ロジェは自分を抑えた。初めてである彼女に無理強いをしたくはなかった。

今までずっと抱いていた劣情を彼女にぶつけるのだから、せめて彼女の負担にならないように優しくしなくてはならないと。そう思ったのだ。

それからロジェはユビナティオの身体を清め、ベッドに寝かせてやった。正直に言うと、半仮面をとろうかとも思った。だが、それはやめた。仮面舞踏会のルールが、ロジェの理性を繋ぎ止めた。

そして、彼女のために紅茶でも頼もうと部屋を出た……思えばそれが失敗だった。

そこにいたのは、アレクシス付きの侍従だったのだ。彼はロジェを見て「アレクシス殿下がお呼びです」と告げた。

王子の呼び出しを無視することもできず、仕方なくロジェはアレクシスのもとへ向かった。

アレクシスはロジェが踊っていた女性のことや、控え室に行ったことについてニヤニヤと質問してきたが、ロジェは適当にあしらい、早々に退散した。

そして急いで控え室に戻ったのだが、彼女の姿はすでになく――、結局それで、ユビナティオとの夜は終わりになってしまった。

だが、ロジェにはまだ余裕があった。

なぜならユビナティオとは翌日会えるからである。

彼女は、男装して騎士候補生として自分の執務室で働いている。時間はたっぷりある。あんなことやこんなことをする時間が。……執務室でしてしまうというのも、なかなかに背徳感があっていい。いや、もうどこでだっていい。彼女とひとつになることができるのなら、仕事場だろうが外だろうが、構わない。

……なのに。翌朝の彼女ときたら。

『僕、行かなかったから』

そんなことを。あの可愛らしい唇が。昨晩甘いキスを交わしたあのふっくらした唇が、呟いた。

つまり、彼女も昨晩の男がロジェだとわかっていて……。昨晩のことは、あくまでも仮面舞踏会での出来事だから。だからお互い、なかったことにしましょう、と。

そんなふうに牽制されてしまったら、ロジェとしては、もうどうしようもない。

なぜならそれが、仮面舞踏会のルールだからだ。

昨夜の続きをする気だったのに。執務室に鍵をかけて、ソファーで、明るい場所で、たっぷりと愛し合う予定だったのに。

思い出したら胸がきゅうっと締めつけられて、ロジェは思わず胸を押さえた。

「……うぅ」

うめき声が漏れる。

思わず心臓のあたりをぎゅっと強く握りしめた。

感じたこともなかった原初の情動が——愛する人を求める純粋な感情が、出口を見つけようともがいている。

——ああ。今すぐ抱きしめたい。

ユビナティオの肌に触れたい。唇を重ねたい。……心臓の高鳴りが治まらない。

(ユビナティオ……)

だが、自分は公爵家出身の貴族だ。仮面舞踏会のルールは守らなければならない。

あの夜にベッドをともにした令嬢は、『知らない誰か』。それが仮面舞踏会のルールだ。だから、相手からあんなあからさまな牽制があった以上、こちらから踏み込むわけにはいかない。

(ルールは守る。守るが、こんなにも苦しいとは……)

しかし、なぜ拒否されてしまったのだろう。昨晩はあんなに気持ちよさそうにしていたのに。いや、あれは演技だったのだろうか？　女性というのは想像できないほど繊細なもので、本当はあんなことされるのは嫌で、自分は彼女を傷つけてしまったのだろうか？

ならばいっそ、彼女が本当は女であることをバラすと脅してしまおうか？　嫌なら私の言うことを聞け、と。そうすれば、彼女はロジェとの情事に応じざるをえないだろう。

(いや、そうじゃない……！)

馬鹿な考えを、ロジェはすぐに否定した。ユビナティオと無理やりしたいわけではないのだ。

彼女の弱みは、守ってやりたい。その上で、彼女から求められたい。

本音が聞きたかった。昨晩はどうだった？　私のことを、どう思っている？

だが、それを聞くことは仮面舞踏会のルールに反する。

そもそもどうしてユビナティオは男装してまで騎士団で働きはじめたのだろうか。考えてみれば、彼女は謎ばかりである。直接本人に聞きたいところだが、それもまた、仮面舞踏会で知りえた情報だ。聞けるはずがない。

「……はぁ」

ため息が出る。

こんな状態、いつまで我慢できるだろうか。ロジェは眉間に深いしわを刻みながら、指先が白くなるくらい、強くぎゅっと胸を握り込んだ。

第五章　我慢を超えたキス

それから数日経ったある日のこと。

ユベルティナは、ロジェとともに団長室へ呼び出された。

カール団長の話の内容は、ベッケルト辺境伯に書簡を届ける、という任務のお達しだった。しかもその任務にユベルティナもついていくように、とのことなのだが……

「……団長。お言葉ですが、その任務は私ひとりで十分だと思われます」

ロジェの戸惑ったような答えに、しかし団長はきっぱりと首を振った。

「それはできぬ相談じゃな。出張は二人一組で行うべし、と騎士団の規則で決まっておる」

「しかし、手紙を届けるという子供の使いのような任務に騎士ふたりを動かすのは、いささか用心が過ぎるかと存じます」

「騎士じゃなくて騎士候補生、じゃろ？」

ぱちん、と茶目っ気たっぷりにウインクするカール団長。その足下にはリードで繋がれた白い小犬カストルが寝そべっていた。もちろん、リードの反対側はカール団長が持っている。

ロジェは全面で渋面（じゅうめん）をした。

「……はい、そうです」

「それにのぅ、この任務は子供の使いじゃあないんじゃぞ！　ベッケルト辺境伯に書簡を届ける任務……と見せかけて、実はベッケルト辺境伯から騎士団への寄付金を増やしてもらうよう交渉するという特別重要任務なんじゃ」

「あっ、それでロジェ副団長が自ら赴くんですね」

ポン、と手を打って納得するユベルティナ。

「そういうことじゃ。さぁ、そうと決まれば準備をせい。出発は明日の朝一番じゃ！　急な話じゃがよろしく頼むぞ！」

「ですからお待ちください、カール団長。子供の使いであろうがなかろうが、その任務は私ひとりで十分行えます」

再度抗議の声を上げるロジェ。だがカール団長は譲らない。

「くどいぞロジェ。先ほど言ったように、これは規則じゃ」

「それなら他の者をつけてください。ベッケルト辺境領までは馬で二日かかるんですよ？」

「うむ。ちょっとした旅じゃのう」

白いひげを撫でながら朗らかに笑うカール団長に、ロジェは苛立ちを募らせていく。

「なにを呑気なことをおっしゃっておいでなのですか！」

「ロジェよ、なにを苛ついておるのじゃ？　そんなじゃからユビナティオにしか任せられんのじゃよ。己が原因だということをよく胸に刻み込むのじゃな」

「どういう意味ですか」

「気難しいロジェのお供なんぞユビナティオくらいしか務まらんということじゃよ。ユビナティオ、ロジェをよろしく頼むぞい」

「はいっ！　かしこまりましたっ！」

思わず元気よく踵（かかと）を鳴らして敬礼してから、ユベルティナはハッと気づいた。

（え、つい勢いで返事をしちゃったけど……）

旅ということは、しかも馬で二日かかるということは。宿に泊まったり、ことによっては野営だってあるかもしれないということだ。それはつまり、ロジェとふたりっきりで夜を過ごすことを意味する。

（あんなことがあったばかりなのに……）

仮面舞踏会のことを思い出して顔が熱くなる。あの夜からそれほど経っていないのだ。

ユベルティナがあの夜の令嬢だと気づいているのか、いないのか。判然とはしないものの、翌朝彼に刺した釘が効いているのは感じる。

あれから、ロジェが探りを入れてくるようなことはない。

それでもロジェに抱かれた記憶は、しっかりとユベルティナの身体に残っていた。

実際、あのことを思い出して切なくなる夜もある。またロジェと愛し合いたい……、そんなみだらことを考えて、きゃーっと悲鳴を上げる夜もあった。

騎士団生活、残りあと一カ月弱。できるだけ波風立てずに過ごしたいのだが……

「そう心配せんでも大丈夫じゃ、ロジェ。王都からベッケルト辺境伯領までは一本道。途中にある宿場町に泊まることになるだけじゃて」

「それはそうですが……」

ふたりの会話を聞きながら、ユベルティナはギクリとする。まさに気がかりなのはそれだ。

だが団長直々に命じられた任務である。下っ端騎士候補生としては引き受けるほかない。

夜にふたりっきりにならないように注意すれば大丈夫だろう。宿は別室をとってもらうようロジェに交渉しないといけないが。

「……わかりました、仕方ありませんね。その任務、お引き受けいたします」

渋々といった様子ではあるが、ロジェも頷いた。

「ふぉっふぉっふぉ、短いとはいえこれは旅じゃ。喧嘩などせず、仲よくするんじゃぞ」

「私たちは仲が悪いわけではありません」

「そうです、そうですよね」

への字口で答えるロジェに、顔を赤くしながら頷くユベルティナ。そんなふたりを見て、カール団長は楽しげに笑う。

「よいよい。若いふたりの仲がいいことは、喜ばしいことじゃて」

そのカール団長の足下では、白い小犬カストルが、くぁ～っと大きなあくびをしていた。

馬に乗れないユベルティナのために利用することになった辻馬車は快適で、宿ではユベルティナが言い出す前にロジェが別室をとってくれて、とても安心できた。

宿が用意してくれた朝食は美味しかったし、それで宿を出て進んで進んで……、ベッケルト辺境伯の居城に到着したのは、その日の夕方近くであった。

そこで書簡を渡し、歓待を受け、ロジェはきっちり寄付金を募り――そして客人として一晩泊めていただき、翌日、ふたりは王都へ帰還することとなった。

その道中も怖いくらい順調そのもの。

なにごともなく、平穏無事な旅路であった。

――そう、あと一夜で王都につくという、その夜までは。

宿場町でとろうとした宿は、来たときと違い満室だった。

「すみませんねぇ、ちょうど巡礼の団体さんがお泊まりになっておりましてねぇ……」

宿の女将は申し訳なさそうな顔をして、ペコペコと頭を下げた。聞けば宿場町全体で宿不足らしく、ここ以外の宿に行っても部屋が空いていることはないだろう、とのことだった。

「ひとり用の一室だけならなんとかご用意できるのですが……、いかがいたしますか?」

「えっと……」

これにはさすがのユベルティナも困ってしまった。

だって、それって、同室になるということだから。

あの夜の記憶が蘇る。ロジェの熱い吐息と、甘い言葉、優しい指先……

(……っ)

顔を真っ赤にしつつ、つい股をもじもじさせてしまう。

あれは仮面舞踏会の夜だったからまだよかった。ユベルティナはルールに守られた。

——そして、ルールは今もユベルティナを守っている。

同室になっても、ロジェはおそらくそのまま寝てしまうだろう。……ただ、ユベルティナが意識しまくっているだけで、事件は起きない。だってあの堅物ロジェ副団長のことだもの。

ユベルティナはそうやって、自分を落ち着かせた。

「仕方ない」

ロジェは冷静に頷くと、ユベルティナを振り返った。

「私は外で野営するから、君はひとりでここに泊まるといい」

「そっ、そんなことさせられませんっ！」

慌ててユベルティナは言った。

「副団長を野営させるなんてできませんよ！　それなら僕が野営します！」

同室なんて気まずいし恥ずかしいしで卒倒しそうだが、それでも上司を外で寝かせるなんて非常識なこと、育ちのいいユベルティナにはできない相談だ。

「いや、それこそ駄目だ。身体の弱い君を野宿させるなどもってのほかだ」

「僕は大丈夫です。身体が弱いの、今は一時的に治ってますから！」

本物の弟ユビナティオだったなら、確かにユベルティナだって野営させたくはない。

が、母親のお腹の中で弟の生命力を奪ってしまった——なんて口さがない人が言うくらい、双子の体力は正反対なのである。

その弟といえば、最近よこされた手紙によると、もうだいぶ回復して、今は自宅で最終的な様子見をしているということである。

タイムリミットはあと一カ月弱――それより前にユビナティオが快癒して交代するかもしれないが。とにかく、入れ替わるユビナティオのために、『ユビナティオは副団長を外に寝かせるような非常識な男である』だなんて認識をロジェにもたせるわけにはいかなかった。

「しかし……」

「決まり！　決まりですから！　副団長、今夜は一緒に寝ましょう！」

……引っ込みがつかず、ユベルティナはそう言うしかなかった。

大丈夫、自分がソファーで寝ればいいのだ。いくらなんだって、ソファーくらいあるだろうし。

その宿屋の一室に、ユベルティナは思わず声を漏らした。

「うわぁ……」

本当に、ベッドがひとつしかなかったからだ。ソファーなんて気の利いたものもないという……

（これってつまり、ロジェ副団長と同じベッドで寝ろってことじゃないの！）

そうなると思い出すのは必然的にあの夜のことである。

仮面舞踏会のあの夜。ユベルティナとロジェは、ひとつのベッドをともにした。だが、ロジェは仮面舞踏会のルールにより、そのことに触れることはできないでいる。

それは、この夜だって同じことだ。

ルールはユベルティナを守っている――なのに、心臓がバクバク鳴るのを止められない。

（ど、どうしよう……！）

そんなユベルティナを知ってか知らずか、ロジェはそっけなく言ってきた。

「夕餉を食べに行くぞ」

「は、はいっ」

そうして、夕食を食べに外の酒場に出向き、食事を済ませて宿に戻り――

「先に風呂に入ってこい、私はあとで入る」

「はいっ」

入浴を済ませ――

「では、私は床で眠る。君はベッドでゆっくり休め」

「はい……ってそれはダメです副団長！」

思わず頷きそうになって、ユベルティナは慌てて否定した。

「いったいどこの世界に上司を床に寝かせる部下がいるっていうんですか！　副団長はベッドで寝てください、僕が床で寝ます！」

「それをいうなら身体が弱い部下を床に寝かせる上司がどこにいるというんだ。私が床で寝る」

と、ロジェもユベルティナも譲らず――

結局。ふたりはひとつのベッドに入って眠ることとなった。

宿屋の狭い部屋で、ユベルティナとロジェは、ひとつのベッドに背を向け合って横になっていた。

――が。ユベルティナが寝られるわけがなかった。眠るどころか、目が冴えに冴えている。

（き、緊張するぅ～）

ドキドキと鳴る胸を押さえながら、それでもなんとか眠りに落ちようと努めるのだが。

（早く寝なきゃ。明日も早いんだし……）

そう思えば思うほど、余計に目が冴えてしまう。

目を閉じると、あの夜のことが目蓋の裏に浮かんでしまったりして。

ロジェの吐息。熱い指先。甘い囁き声。優しい唇。思い返すだけで、身体が熱くなる。

（――だっ、だめ！　やっぱり眠れないよ～！）

ユベルティナは内心悲痛に叫びつつ、必死になって羊を数えた。

羊が一匹、羊が二匹……百匹を超えたところで、ユベルティナは諦めた。

（やっぱり眠れない～!!）

なにしろ狭いシングルサイズのベッドなのだ。

背を向け合って横になっても当然距離は近いし、息遣いとか体温とか匂いとか、そういうものが背後から伝わってきてしまう。

おまけに今夜は満月。カーテンの向こう側から漏れる青白い光がとても綺麗だ。

その光に照らされて、室内がなんだか湖の底のような、神秘的な雰囲気になっている……

ごそっ、と。寝返りを打つ音がして、不意にロジェの声が聞こえた。

「……ユビナティオ」

「っ！」

本当に、心臓が口から飛び出るのではないかというくらいユベルティナはびっくりする。

「……まだ、起きているか？」

「ひゃっ、ひゃいっ」

びっくりしすぎて、声が掠れた。

「少し話をしたい……いいか？」

「……っ」

思わず息を呑んだユベルティナに、ロジェは言葉を続けた。

「……君は今、どんな気持ちでいる？　その……、私と一緒にいて」

「え……」

「嫌だったり、しないか？」

「そっ、そんなことはありませんっ」

ユベルティナは慌てて返事をする。

「むしろ、僕がロジェ団長のベッドに入っちゃってて悪いな、と思ってますっ！」

「いや、そうではなくて……」

それは戸惑っているような声音だった。

「…………私のしたことを、どう思っているのかと思って」

「え、あの。それってどういう……」

心臓がバクバクとうるさくて、自分の声すらよく聞こえない。

「つまり……」

少し口ごもってから、意を決したようにロジェは言った。

「言うべきではないのはわかっている。だがすまない、もう我慢できない。あの夜、君を抱いたのは私だ」

「っ!!」

心臓が口から飛び出して、一回転して決めポーズでもするかと思った。

それは明確な、貴族のルール違反だった。ロジェは仮面舞踏会のルールを破ったのだ。

ユベルティナは一瞬で真っ赤になった。顔どころか、全身が燃えるように熱い。

バクバクと鼓動する音が耳元まで響いて、まるで頭の中に心臓があるかのようだった。

それでもどうにか返事をしなくてはと、ユベルティナは震える声で答える。

「あっ、あのっ。なんの話でしょうか。僕は仮面舞踏会なんて行ってないですが……」

往生際悪く、ユベルティナはそう言い募った。まだ引き返せます、まだ仮面舞踏会のルールをもう一度適用できますよ、と、暗に言い含めるつもりで。

軽く首を振る気配があった。

「……わかっている。仮面舞踏会で会った人物は皆他人だし、起こったことはすべて夢。それが仮面舞踏会のルールだ」

「そ、それなら、なんで」

「夢にしたくない……」

背後から低い声がした。

「ルールを破ってでも、私は……夢を現実に引き込みたい。これでも君のことを忘れようとずいぶん頑張ったんだ。だがもう限界だ。気がつけば君のことばかり考えていて……」

そこでロジェの言葉は途切れた。

ユベルティナは彼の言葉を待ちながら、今の状況を整理しようと努めた。

あの夜のことを、現実に引き込みたい……そうロジェは言った。

仮面舞踏会で出会ったあの仮面の令嬢がユベルティナだと、やはりロジェは気づいていたのだ。

ということは、つまり。

(え、え、これって……)

つまり。

ロジェが、なにをしようとしているかというと……

「……ユビナティオ。私たちがあの夜、なにをしたか覚えているか?」

「…………」

喉がカラカラで、ユベルティナは唾液を呑み込んだ。

あの夜のこと。

もちろん、忘れるはずがない。

ロジェの手が、そっと肩に触れる。そして、囁き声で告げてきた。

「……続きをしたい、今」

「つ、つづ……」

混乱したまま身を硬くしていると、ロジェの手が強く肩を引き寄せ――

仰向けにされたユベルティナの真上に、ロジェの蒼い瞳があった。

「……あ……」

ユベルティナは震えた。

こんなにも近くに、ロジェの顔があるなんて。

あのときは仮面に隠れてよく見えなかったその表情が、今は目の前にある。

「ユビナティオ」

熱のこもった低い声が、名前を呼ぶ。

「……愛してる」

ユベルティナはその言葉に、紫の目を見開いた。

(え、愛――)

「んぅ……っ!?」

驚いている間に、吐息とともに柔らかく温かい感触が唇にあり――

「ふぁ……」

ぬるりとした熱い舌が、ユベルティナの口内を丁寧に舐め取っていた。

頭がくらりとして、ユベルティナは思わずぎゅっと目を瞑(つむ)る。

「ん……っ」

ゆっくりと歯列をなぞられ、口蓋(こうがい)をくすぐられて、ユベルティナの力が抜けていく。

「……っ」

弛緩(しかん)するユベルティナを慰(なぐさ)めるように、ロジェは頭の両脇に手を突いて、より深く唇を合わせてくる。

「ん……っ」

ユベルティナの意識がぼうっとしてきたころ、ようやくロジェの唇が名残(なごり)惜しそうに離れていった。

「……」

まだ頭の中に霞(かすみ)がかかったような心地のまま、ユベルティナはゆっくりと目を開ける。

熱烈なキスだった。あの夜以上に。

目の前には、ばつが悪そうな顔をしたロジェがいた。

「すまない。自分が抑えられそうにない」

そういう彼の手はまだユベルティナの頭の脇(わき)にある。

どうやら離してくれる気はないらしい。

ユベルティナはぽーっとしながらも、聞かなければならないことを聞いた。

「……副団長は、どこまで知っているんですか？」

「どこまで、とは？」

「僕、いえわたし……、ユビナティオが本当は女であることとか。あの夜の令嬢がわたしであることとか……」

ユベルティナにとって、それは大事なことだった。ロジェのことは好きだが、ユベルティナには成し遂げなければならない目的があるのだ。

ロジェは真っ直ぐに、その蒼い瞳でユベルティナを見つめた。

「私が知っているのは、まさにそれくらいだ」

そして目元をふっと優しげにゆるめる。

「君が、女性でありながら男装して、女子禁制の騎士団で頑張っていること。君がドレスを着て仮面舞踏会に行ったこと。あの夜の君が、とても感じやすかったこと」

「うぅ……」

耳まで真っ赤にしてうつむいたユベルティナを見て、ロジェは悲しそうに眉根を寄せた。

「謝らせてくれ、ユビナティオ。あの夜は、ひとりぼっちにしてすまなかった。私の手で達した君の目覚めを待っていたら、アレクシス殿下に呼び出されてしまった。……用事を終わらせてすぐにあの部屋に戻ったが、君はいなかった。あれ以来、私は……」

そのままちゅっと軽くキスされる。

「君のことばかり考えて……。君が好きで、好きで、どうにかなりそうだ」

蕩けてしまいそうな声で言うと、ロジェはユベルティナをぎゅっと抱きしめた。

「愛してる、ユビナティオ」

「ユベルティナ……」

「え？」

「わたしの、本当の名前。ユベルティナっていうんです」

ロジェは確かめるようにその名を口にすると、ユベルティナの髪に顔を埋めた。

「君にぴったりの、綺麗な響きの名だ。これからは……、ふたりきりのときは、その名で呼んでも構わないか？」

「はい……、ロジェ副団長」

「副団長はやめてくれ。今は上司としてではなく、ひとりの男としてここにいるのだから」

ユベルティナは小さく頷いた。

「はい。……ロジェ様」

「ユベルティナ……」

ちゅっ、と額にキスを落とされる。甘い唇は触れたまま鼻筋を通り、焦らすようにまた口元へ。

「好きだ、愛してる……ユベルティナ……」

「ロジェ様、わたしも……」

熱烈な愛の言葉に、ユベルティナも自然と返そうとし——我に返って、顔がカッと熱くなる。彼に告げるのは初めてだ。だが、思い切って言ってしまおう。

「わたしもあなたが好きです、ロジェ様」

「ユベルティナ……」

「ロジェ様……んっ。ロジェ様……」

唇を貪られつつ、ユベルティナもまた舌を絡めて応えようとする。

互いの息遣いが荒くなり、興奮が高まっていくのがわかる。

堅物で、女嫌いで、だけどどうしようもなく優しいロジェ。大好きなロジェ。スライムから助けてくれたときに絡めてくれた指の感覚を、今でも思い出せてしまうくらい、大好きなロジェ。

何度も角度を変えながらお互いを求め、やがてどちらともなく口を離す。

はぁはぁと荒い息をしながら、ふたりは近距離でじっと見つめ合った。

(あ、ダメ、これ……すごく苦しい……)

その苦しさは精神的なものではなく——いや、精神的なものももちろんあるのだが。それ以上に物理的なもので。熱くなった胸が、何重にも巻いたサラシを押し上げているのだ。

「ロ、ロジェ様。こんなときになんですが……」

「どうした？」

「あの……。すみません、苦しくて……」

「なに？」

「その、……とっ、とりますね」

言いつつ、ユベルティナは半身を起こした。

それから――少しのためらいはあったものの、身につけた夜着はそのままに、胸をきつく締めつけているものを両手を使ってほどいていった。

これからロジェに抱かれるためにほどいているのだと思うと羞恥で手元が震えたが、それでも押し潰される胸の苦しさは耐えがたい。

やがてすべてのサラシがほどかれると、ボリュームのあるふたつの膨らみが現れた。

解放感に、ユベルティナは思わずほぅっと息をついてしまう。

「………っ」

ロジェは息を呑み、夜着を羽織っただけのユベルティナを、食い入るように見つめる。

「なんて……美しい身体なんだ……」

「は、恥ずかしいです……」

「あの夜も思ったが、よくこんな大きなものをサラシで隠せるものだな」

「それは、その。ぎゅうぎゅうに巻いているから」

「いや、それにしても……、うん、本当に美しい……」

ロジェはそっと手を伸ばすと、ユベルティナの乳房に触れた。その手の熱さに、ユベルティナはピクリと反応してしまう。

「あんっ……」

「こんなにいいものを潰すだなんて、なんと冒涜的な行為だろうか」

「だ、だって。でないとすぐに女だってバレちゃうし……」

「……君がなぜ、男のふりをして騎士団に入ったのか、今は聞かない」

ロジェはユベルティナの耳元に唇を寄せた。

「今はとにかく君が欲しい。だがいつか教えてくれ、君のことならなんでも知りたい」

「ロジェ様……」

「愛してる。君が好きだ。君が、君が……あぁ……」

熱に浮かされたように囁くと、ロジェはそっと身をかがめ、ふっくらとした乳房の頂にある小さな突起を口に含んだ。

「あんっ」

ぴくん、と跳ね上がるユベルティナ。

冷たいような快感もさることながら、あのロジェが赤ちゃんみたいにユベルティナの胸に口をつけたという事実が、さらにユベルティナの官能を煽った。普段のロジェからは考えられない行為である。

ロジェは、小さな果実に舌を絡め、転がし、甘噛みしてくる。

(やっ、だめぇ……)

ぴくんっと腰を震わせ、ユベルティナの手は無意識のうちにロジェの頭を抱えてその髪をかき乱していた。

まるでおねだりするようなその仕草に、ロジェはうっとりとした笑みを浮かべる。

「乳首をいじられるのが好きなんだな」

「ちっ、ちがっ……」

「嘘をつくのが下手だな、ほら……」

軽く歯を立てられ、ユベルティナの口から可愛らしい声が上がる。

「あんっ」

「……可愛いな」

にっこりと優しく微笑むロジェの顔が、恥ずかしくて直視できない。

「では、こっちは……？」

とロジェは手を滑り降ろしていく。そして、指は亜麻色の叢(くさむら)へ到達した。

くちゅっ、と湿った音が立つ。

「ん、あっ」

「濡れてる。私で感じてくれたのか」

「あ……う……」

なんと答えたらいいかわからず、ただ顔を真っ赤にしてうつむくユベルティナ。

長い中指が、くぷっ、と蜜壺に差し込まれていく。

「あうっ」

急な異物感にユベルティナはびくんとした。あの夜以来、人生で二回目の異物侵入だ。

慣れない感覚に、どうしようもなくユベルティナの身体は緊張してしまう。

「痛かったら言ってくれ。すぐやめる」

言いながら、ロジェはゆっくりと指を抜き差ししはじめた。しばらくすると、痛みを伴っていた隘路が、次第に以前与えられた感覚を思い出し、しとどに濡れていく。

（あ……、ん、ロジェ様の、指……）

ロジェがユベルティナの秘所に指を入れている。その事実がなによりも官能を高めていくのだ。

「は、ああ……っ」

「すごいな、蜜がどんどん溢れてくる……」

ぐちょぐちょと淫靡な音を立てかき回され、ユベルティナは腰を浮かせた。

「あっ、はんっ、だめぇ……っ」

「こんな格好でそんなことを言われても、煽っているようにしか聞こえないぞ」

意地悪そうに微笑むと、今度はユベルティナの膝を立たせて、秘裂を露わにする。

「やっ、恥ずかし……っ」

「ああ、よく見えるよ。君のいやらしいところ……」

「やっ、み、見ちゃダメです……っ」

「……これなら二本入りそうだな」

ユベルティナの制止など聞く素振りも見せず、ロジェは丸見えの淫口に二本目の指を挿入した。

二本同時の侵入に、ユベルティナは戸惑いの声を上げる。

「んっ、ああっ」

「痛いか？」

「だいじょぶ……です……」

痛くはない。ぬるぬるした蜜液が潤滑油となって、二本目はそれほど抵抗もなく入ってきている。異物感はあるものの、それがロジェの指だという恥ずかしさのほうが勝っている。

ロジェは安心したような表情をした後、再び指を動かしはじめた。

「すまん……、だが、少しずつでもほぐしていかないと……」

ぬち……という音とともに蜜壺に二本の指を埋め込み、ちゅぷっ、という音とともに指を引き抜く。それを何度か繰り返していると、ユベルティナの反応に変化が現れてきた。

「ふっ、ううっ……」

なんだか、腰が疼く、というか、もっと奥に、もっと深く……欲しくなってくる。この感覚は、なんだろう……？

「……慣れてきてくれたみたいだな」

ユベルティナは無言でこくりと頷く。恥ずかしくてとても声なんか出せない。

「よかった。指よりもっと太いものを入れるからな。できるだけ、よくほぐしておきたい」

「ゆ、指よりも太いもの……？」

「……正直、今すぐにでも入れてしまいたい。だが君の身体に負担をかけたくない」

ぬち、ぬち、と秘所を探られると、ユベルティナの身体の火照りがさらに増していく。

「君の身体の準備をしないと……」

言いながらも指は止まらず、さらに激しくなっていく。

高まってくる快感に背を反らせ、耐えようとするユベルティナだったが……熱が、身体全体に行き渡っていた。

「あっ、あっ、なんかっ、へんっ、なのっ、あ、ああっ」

びくんっと身体を震わせ、ユベルティナは切羽詰まった声を出す。

身体が変なのだ。なんだか、すごく身体が熱い。

指を入れられたところがきゅんきゅんして、腰が自然と動いて、もっとしてほしいと思う反面、これ以上されたらどうにかなりそうな気もして……

その反応を見たロジェはいったん手を止め、指を抜いた。そしてユベルティナの頭を優しく抱き寄せると、耳元で囁いた。

「……それは、変なんじゃない。達しそうなんだ。この前もそうだっただろう？」

「でっ、でもっ、恥ずかしいです……っ」

「大丈夫。この前みたいに、そのまま素直に私の指を受け入れてくれ」

ロジェは再び指を挿入した。ぬるぬるした隘路は、指をすんなりと前後させる。

同時に、ロジェは胸の先端を口に含んだ。ちろりと乳首を舐められて、ユベルティナは背中を大きく仰け反らせて悶える。

「あん……っ」

「可愛いよ、私のユベルティナ。可愛い、なんて可愛いんだ……」

指の動きが激しさを増していき……

「あ、〜〜〜〜ッ‼」

頂点に達した快感が、ユベルティナを白く染め上げた。

「あ……っ、はぁ、はぁ……っ」

びくっびくっと身体を痙攣させるユベルティナ。

しばらく荒い息を繰り返していたが、徐々に落ち着きを取り戻すと……今度は猛烈な羞恥心が襲ってきた。

(あ……、わたし、また、ロジェ様に……っ)

あの夜と同じように――。達したところを、見られてしまった。

ユベルティナの秘所はすっかり蕩けてしまっていて、それを見たロジェは、ごくり、と唾を呑み込む。

「……では、私の番といこうか」

そして、自分の服を脱ぎ捨てた。

引き締まった胸板と、大きく隆起した男性の象徴が、ユベルティナの目の前にさらされる。

(うわぁ……、これって、こうなってるんだ……！)

初めて見るそれに、ユベルティナは置かれた立場も忘れてつい目を輝かせてしまった。だって、本当に生まれてはじめて見るのだ。太い血管が浮き出て軽く反り返ったそれは、先端から透明な液をたらりと垂らしている。

ユベルティナの視線を感じとったのか、ロジェのそれがぴくりと震えた。

「珍しいか？」

「あっ、ごめんなさい」

慌てて目を逸らすユベルティナ。

「本当ならもうちょっと君の好奇心に付き合ってやりたいのだが……、すまないが、もう我慢できそうにない」

ロジェは余裕のない顔つきで、ユベルティナの両足をぐいっと持ち上げた。

「ユベルティナ……」

（いよいよ……）

ユベルティナにもこういう知識はある。だから、ロジェがなにをするのかはわかっていた。

期待と不安で心臓が爆発しそうなほどドキドキする。

ユベルティナはぎゅっと目を閉じ、そのときを待った。

やがて熱いものが熟れた入り口に触れたかと思うと、ゆっくりと、力強く押し入ってきた。

「ん……っ！」

「……ユ、ユベルティナ、さすがにキツすぎる。力を抜いてくれ」

「む、無理ぃ……」

指二本で慣らしたとはいえ、ロジェの熱い楔は、狭いそこには明らかにサイズオーバーである。

「待っ……！」

「すまない。止まれないっ……！」

「きゃうっ!!」

ずぷりと一気に貫かれ、ユベルティナは悲鳴を上げた。

「く……っ、すまん、ユベルティナ、許してくれっ……」

「う、動かないでください……っ」

「……ああ、わかった」

ロジェは動きを止め、ユベルティナをぎゅっと抱きしめる。

「ごめんな……。痛いか？」

「身体が……裂けちゃいそう……です……！」

「すまない、強引にしてしまって……」

涙目のユベルティナに、ロジェはそっとキスをした。

そのキスに応えているうちに、だんだんとユベルティナの身体も痛みに慣れてくる。

「……そろそろ、いいか？」

少しずつ腰が動きはじめる。

「まっ、待って」

まだ無理だ。痛い……

「すまない。君が好きで、好きで。もうこれ以上は……！」

ゆっくりと腰を前に突き出すロジェ。

「……あっ」

少しだけ進み、ぬるりと引かれ、またゆっくりと突き入れられる。

「あぁっ」

単純な動きを繰り返すうち、だんだんと痛みは小さくなっていった。

そして、最初はゆっくりだった抽挿が次第に深く、速くなっていき……

「あああっ」

ユベルティナの口から甘い声が漏れはじめたころ、ロジェは言った。

「もう、大丈夫か？」

「あっ、あっ」

「ユベルティナ……」

「あっ、あんっ、あっ」

「……返事を」

ずんっ、と突き出される腰。

「あんっ」

「答えてくれ、ユベルティナ」

ずんっ、ずんっ、と奥までかき回してくる。

「あっ、はっ、はいっ、ロジェ様、もう大丈夫です……っ」

「……ありがとう、愛してる」

もう一度、深く突く。

「あんっ」

「ユベルティナ……っ」

いつしか、パンッ！　パンッ！　と肌を打ちつける音が部屋中に響くまでになっていた。

「ユベルティナ、好きだ、ユベルティナ……！」

（ロジェ様……！）

うわごとのような愛の言葉に、ユベルティナの心は歓喜に震える。

大好きな人が、自分を求めてくれている。それが、こんなにも嬉しいだなんて。

「わた、わたしもっ、好き……っ」

もっとたくさんの言葉を紡ぎたいのに、思いの丈をロジェにすべて伝えきりたいのに。

快感が思考をさらってしまって、言えたのは舌っ足らずのその言葉だけで。

ロジェはそんなユベルティナに、心の底から嬉しそうな笑みを向けた。

「ユベルティナ……、私は……幸せだっ」

「あ、あっ、あっ」

激しい律動に、ユベルティナの口からは甘い声しか出ない。

「あぅっ、あ、あんっ、あぁっ」

「ユベルティナ、ユベルティナ……！」

「あっ、なんかっ、また……っ」

また、身体の奥底からなにかが迫り上がってくるのを感じる。ただロジェが好きで好きで、それだけしか感覚がなくなるような。

「ああ、私も……」

眉根にしわを寄せた苦しそうな表情で言い、ロジェはいっそうのスパートをかける。

「あっ、だ、だめっ、だめぇっ」

好き、好き、好き、好き！　律動に合わせて何度も何度もその言葉を心で唱えながら……目の前が、真っ白になっていく。

「ああっ……！」

ユベルティナが達した直後、隘路がぎゅうっとロジェ自身を締めつけた。その刺激に耐えきれず、ロジェもまたユベルティナの中で果てる。

「くっ……あ……ふぁっ……」

呻き、ぶるっと腰を震わせて最後の一滴まで絞り出し、ロジェはユベルティナの上に倒れ込んだ。しばらく荒い息を繰り返していたが、やがてロジェが唇を重ねてくる。

「ん……ふっ」

舌を絡め合いながら、ふたりは抱きしめ合う。

ロジェの精を体内に受けたユベルティナは、その熱さに感じ入っていた。

騎士団の副団長としての、凛々しいロジェのことを尊敬していた。彼の優しさや包容力、そしてなによりユベルティナを想い、求めてくれる強さ。その覆い尽くされそうなほどの愛を——ユベルティナは確かに、内に放たれた熱から感じるのだ。

もともと好きだったのに、さらにどんどん惹かれていくのがわかる。堕ちる、といってもいいほどの速さで。

やがてどちらともなく腕を放すと、ロジェはユベルティナの内から自身を引き抜き、隣に寝転んだ。

「……ユベルティナ、大丈夫か？」

「だ、ダメ、かも……」

目の前がチカチカして今にも意識を手放しそうになりながら、ユベルティナは答える。

そんなユベルティナの頭を撫でながら、ロジェは優しく、満足げに微笑んだ。

「……好きだ、ユベルティナ」

「わたしも……、わたしも好きです、ロジェさま……」

そしてふたりは再びキスを交わす。

「愛してる」

「わたしも。ロジェさま……」

幸せいっぱいの顔で抱き合いながら、やがてふたりは深い眠りに落ち——

ユベルティナが目を覚ますと、あたりには新鮮な陽光が満ちていた。

「う〜ん……」

寝ぼけまなこで身を起こし、伸びをする。

（なんか……夢……見た気がする……）

夢の中で、ユベルティナはロジェにたくさん、幸せでいやらしいことをされて……

あたりを見回せばロジェはいないし、自分もちゃんと夜着を着込んでいる。

（やっぱりあれは夢だったんだわ。……ってそんなわけないでしょっ！）

現実逃避しそうになる自分に突っ込みを入れるユベルティナ。

身体に残る異物感、それに全身を包む気怠さが、昨晩あったことが現実だったのだと教えてくれていた。

（わ、わたしロジェ様と……）

そのとき、コンコン、とノックの音がした。

「……おはよう、ユベルティナ。よく眠れたか？」

「ロジェ様……!?　おっ、おはようございますっ」

思わずユベルティナは、唾をごくりと呑み込んだ。

そこにいたのが、いつもの濃紺の騎士団の制服に身を包み真面目な顔をした、紛れもないロジェ副団長だったから。この人と、自分は。昨晩、あんな激しいことを……？

ロジェはドア付近で立ち止まったまま、コホンと咳払いをした。

「――ユベルティナ。すまないが、胸のサラシはどれくらいキツく巻けばいいのかわからないから着せられなかった」

「うっ」

やっぱり夢じゃなかった。

しかもユベルティナの場合、彼と褥をともにしたということは、それだけを意味しないのだ。

それはつまり、女だとバレということで……

ユベルティナの顔が真っ赤から真っ青になった。

「ロジェ様、昨日の夜は、あの……」

「ああ……」

ロジェは気まずそうに視線をさまよわせた後、頭を下げた。

「すまなかった。抑えがきかなくて……。激しくしてしまったが、身体は大丈夫か？」

「あっ、あのっ」

恥ずかしさに負けそうになりながら、それでもユベルティナは慌てて返す。

「ご心配には及びませんっ！　わたしっ、身体が丈夫なだけが取り柄ですからっ！」

「……？　身体が弱いのではないのか？」

「そっ、それは本物のユビナティオで……」

「……そういうことか」

困ったように微笑むが、ロジェはそれでも首を振った。

「だが私に付き合わせてしまったのは事実だ。君の身体を第一に考えて――」

「大丈夫ですっ。それより、あのっ。わたし……」

恐る恐る、ユベルティナはロジェを見上げる。

「びっくりしましたよね？　わたしが……女で」

「……そのことだが」

ロジェは言いにくそうにコホンと咳払いすると、瞳を伏せがちにして呟いた。

「そうだったらいいな、と。……ずっと、思っていた」

「え……？」

「初めて会ったときから、君に惹かれていて……。こんな自分に、私自身驚いていた。だから君が女性だとわかったあの舞踏会の夜は、本当に嬉しくて……。こんなことを言うと軽蔑されるかもしれないが、実は、今すぐにでも続きをしたいと思っている」

続きって。つまり、昨夜の続きを、今これからするってこと……？　それはさすがに、いくらなんでも身体がもちそうにない……

「だが」

彼は真っ直ぐにユベルティナを見つめた。

「私たちには任務がある。そろそろ宿を出立しなければならない」

「はっ、はいっ」

出立と言われて、ユベルティナはピンと背筋を伸ばす。そうだ、仕事だ。仕事をしなければ！

「……………ユベルティナ」

それでもロジェは、蒼い瞳で真っ直ぐにユベルティナを見つめていた。その頬が、赤い。

「王都に戻って、君の体調が回復したら。……また、しよう」

「っ……」

王都に戻ったら。体調が戻ったら。

あんなに激しく求め合って、互いに高め合った、あの行為を。もう一度——

ユベルティナの体温が、カァッ、と上昇した。

「……無理強いはしない。だが、君との関係をたったあれだけで終わらせるつもりはない。それだけは、覚えておいてくれ」

それだけ言うとロジェは背を向け、部屋から出ようとし……

「君が、好きだ」

顔だけ振り向かせてそう告げ、今度こそ、部屋から出ていった。

「〜〜!!」

ユベルティナはひとりになった部屋で、サラシをまだ巻いていない豊満な胸を自ら抱きしめて、ベッドにポフンと倒れ込んだ。

湯気が出そうなほど顔が熱い。

こんなの、悶絶せずにいられようか。

熱烈で、真っ直ぐな、愛の告白。

女嫌いで通してきたロジェなのに。それがまぁ、あんな情熱的になっちゃって……

（う……わたし、ロジェ副団長に捕まっちゃったの？）

言葉は物騒だが、顔がニヤけてしまう。

ロジェはユベルティナのことが好き。そしてユベルティナもロジェのことが好き。

ふたりの思いはひとつだ。これ以上に幸せなことがあるだろうか？　いや、ない！

――男装がバレてピンチなことに変わりはないのに。

しかも、そのことについては結局、突っ込んだことは聞けなかったのに。

なのに同時に、至上の喜びを噛みしめているだなんて。

ユベルティナは胸を抱きしめたまま、熱い息を吐いた。

(どうしよ。問題山積みなのに、わたし、うれしくてしょうがないよ……！)


午後の遅くに王都に帰ったふたりはその足で団長室へ向かい、出張任務の報告をした。

そして報告を終え、すぐに副団長室へ戻る。

「はぁ……」

「ふぅ……」

ユベルティナがため息をつくと、ロジェも同時に長く息を吐く。

「さすがに疲れたな」

「はい。すぐに紅茶を淹れますね」

「無理をすることはない。君も疲れているだろう、ゆっくりするといい」

「いえ、疲れているからこそ紅茶を淹れるんです」

「そういうものなのか？」

「はいっ！　すぐに淹れますっ」

「そ、そうか。ありがとう」

そうして淹れた紅茶を出しながら、ユベルティナは立ったままペコリと頭を下げたのだった。

「……ロジェ副団長。言わないでくれて、ありがとうございました」

「なんの話だ？」

「その……、カール団長に、わたしのこと……」

「私だって言っていいことと悪いことの区別くらいはつく。君とのことは極めてプライベートな問題だしな」

「そうじゃなくって！」

一瞬にして顔を真っ赤にしたユベルティナは、それでも声をひそめて言った。

「わたしが女だってことを、ですっ」

「王立賛翼騎士団に男装して入団するような無茶なことをしているんだ。君にもどうしようもない事情があるんだろう、と思ってな」

言いながら、ロジェは紅茶に口をつける。

「……得た情報のすべてを上に報告すればいいというわけではない。だがこの問題をこのままにしておくこともできない。……君のことは好きだが、私情を仕事に持ち込んで、問題をなあなあに済ますことはできない、ということだ。それはわかるな」

「は、はい」

「では、教えてくれ。君はどうして男装してまでこの騎士団に入団した？　どんな深い理由があるというんだ？」

「それは……」

ついに、このときが来た。ロジェに男装の秘密を打ち明けるときが……

ユベルティナは深く息を吸い込むと、覚悟を決めてきっぱりと言い放った。

「わたしには、双子の弟がいます」

そしてユベルティナは、ロジェに説明をはじめた。

――双子の弟が本物の騎士候補生ユビナティオであることを。

ユビナティオは騎士団に入団する予定だったが、流行病に倒れてしばらく自宅で療養しなければならなくなったことを。

しかし、騎士団は入団を待ってはくれないだろうことを……

「なるほど。それで君はこのタイミングを逃すまいと、弟の振りをして騎士団に入団したわけか」

「はい。弟は、王立賛翼騎士団に入るのが幼いころからの夢だったんです。その夢を流行病なんかに潰させるわけにはいかないから……、だから、弟が元気になるまで、わたしが代わりに入団することにしたんです」

「……無茶なことをするものだ」

「無茶なのはわかっています。でも、どうしても夢を叶えてあげたかったんです」

「それで」

とロジェはカップを置いてユベルティナを蒼い瞳で見つめる。

「弟君の容態は？　入団できそうなくらいには回復したのか？」

「はいっ」

ぱっと顔を明るくするユベルティナ。

先日、手紙が来たばかりなのだ。

『姉上へ』からはじまるその手紙には、こう書かれていた。

『おかげさまですっかりよくなりました。これならすぐに王都に向かうことができます。ですが……』

そう。手紙には『ですが』ではじまる続きがあった。

「弟の容態はすっかりよくなったそうです！　ただ、まだしばらくは王都に行ってはならぬ、と医師の指示があったそうで……」

「流行病を王都に持ち込んではならないから、しばらくは自宅にてじっとしていろ、ということだな」

さすがはロジェだ。話が早くて助かる。

「はい。王都に来られるのはもう少しあとだということです」

「そうか。それは……残念と言うべきか、僥倖というべきか……」

「え？」

「……彼が来てしまえば、君はどうなってしまうんだ？」

「それは……」

言葉を濁すユベルティナ。弟がこちらに来るということ。それは、ロジェとの別れを意味することであり……

沈黙ののち、ロジェは静かに目を伏せた。

「君の弟も、いつまでも療養しているわけではないだろう？　医師からの許可が出次第、こちらに来るとしたら。そのとき、君はどうなる？」

「それは、その……」

ユベルティナは口ごもる。せっかく恋仲になったのに、あと一カ月ほどで別れが決まっているなんて。それをはっきり告げなくてはならないなんて。そんなの、辛すぎる。

「まさか、退団するのか？」

「退団……というか」

ユベルティナはすっと息を吸い、意を決して説明した。

自分とユビナティオが入れ替わることや、それが無理な場合には騎士団を去るという父との約束を。

「つまり君は……、君個人は、ここを去るのだな」

「個人としては、そうなります……。わたしはこの騎士団に、本来いてはいけない人間ですから」

ユベルティナはうつむいて唇を噛みしめる。

せっかく好きな人ができて、思いを通じ合わせたばかりだというのに。明確な終わりがふたりを待ち構えているだなんて。

「ロジェ副団長……、どうか、入れ替わったら、そのときには。弟を受け入れてあげてください。努力家で負けず嫌いで優しくて……本当にいい子なんです」

「……ああ。約束しよう」

ロジェの言葉に、ユベルティナはほっとした。

「よかった……。ありがとうございます」

「……」

「……」

再び落ちる沈黙。

それを先に破ったのはロジェだった。

「……ユベルティナ」

「は、はいっ」

「弟君のことも含めて、君の身柄は私が預かる。……詳しい日程を教えてほしい」

「はい――」

ユベルティナは、辛さに心を支配されながらも、細かい日付をロジェに伝えた。

「ありがとう」

もう一度紅茶を口に含んでから、ロジェはぼそりと呟いた。

「……どうあがいても、あとひと月、か」

「はい。……今まで、騙していてすみませんでした。あとひと月……、よろしくお願いします」

うつむくユベルティナを、ロジェは、ただ真っ直ぐに蒼い瞳で見つめていた。

「私は、君を離したくない」

「ロジェ様……」

彼の視線に貫かれ、ユベルティナの身体の奥底がカッと熱くなる。

もちろんユベルティナだってロジェと離れたくなんかない。

でも仕方がない、自分はユビナティオの代理でここにいるだけだから。

本当にここにいるべきなのは――ロジェの補佐官としてこの場所にいるべきなのは、ユビナティオなのだ。

「君を離したくない……」

再びそう呟くと、ロジェは再び目を伏せ、静かに紅茶に口をつけたのだった。


数日後の、昼下がり。

「ん……」

ちゅ、ちゅくっ……

ユベルティナは、執務机に寄りかかってロジェの甘いキスを受けていた。

顎に手をかけられて上を向かされ、舌を差し込まれ、まさぐられ……

「……はぁっ」

長い接吻が終わると、ユベルティナは蕩けた瞳でロジェを見上げる。

「ロジェ様……」

「可愛いな、ユベルティナは」

ロジェは微笑むと、もう一度唇を重ねた。今度はついばむような短いキスで終わり、ふたりの視線が交差する。

「ああ、好きだ……君が好きなんだ。今からあの夜の続きをしたい。……いいか？」

「で、でも。まだお仕事中ですよ？」

「もうない」

「え」

「今日の分の仕事は、もう終わらせた」

そういえば、ロジェはいつにもましてものすごいスピードで仕事を片付けていたっけ。

「でも、わたしのお仕事もありますし……」

「書類の誤記チェックも、配達も、すべて私のほうで終わらせた。だから……」

ユベルティナの耳元に口を寄せ、そっと囁く。

「私たちには時間がないんだ。一回でも多く、君を抱きたい……」

切なげな蒼い瞳でそれを言われると、ユベルティナはなにも言い返せない。

「……はい」

小さく頷いて目を閉じると、再び熱い口づけが落ちてくる。

（ロジェ様、大好きです。大好き……）

最近は、こうして毎日のように抱かれている気がする。終わりのある関係を惜しむように、ロジェはユベルティナを離そうとしない。……切ないけれど、嫌じゃない。むしろ嬉しい。ずっとこうしていたいとすら思う。

こんなにも大好きなのに。あとひと月足らずで、ユベルティナはこの騎士団を去るのだ。そうすれば当然、ロジェとも会えなくなる……

だが、それも仕方のないことだと、ユベルティナは受け入れていた。最初からそういう約束だったのだ。今さらそれをくつがえすこともできない。ユビナティオは快癒して騎士団に入るし、ユベルティナは去る。それがユベルティナの願いだ。

ロジェはユベルティナの唇に軽く口づけると、細い腰を抱いて引き寄せた。

その手をそっと胸に持っていって、硬く潰した膨らみに服越しに触れる。

「あっ……」

ユベルティナがぴくんと反応する。ロジェがそのまま揉みほぐすように手を動かしたからだ。

「あんまり触っちゃ……だめです……。サラシ巻いてるから……」

「それなら、外してしまえばいい」

ユベルティナの答えも待たず、ロジェはユベルティナの騎士団の制服のボタンを外していった。

そして現れたサラシに直接触れ、上着は脱がさずにさらさらとほどいていく。

「あっ……」

押し込められていた胸が、ぷるんとまろびでた。いつも思うが、胸を露出するときは、恥ずかしいは恥ずかしいが、それよりも解放感が勝ってしまう。

「まったく、これを押し潰しているなんて……。なんともったいないことをしているんだとため息が出るな」

「だって、仕方が――んっ」

サラシを取り去ったロジェが、ユベルティナの乳首を直接口に含んだ。

「やっ、あっ、ああっ……」

ちろちろと熱い舌先で舐められて、ユベルティナは体を震わせる。まるで赤ん坊のように吸いついてくるロジェ。

ちゅぱちゅぱという音とともに、先端を甘噛みされる冷たいような感覚が伝わってきた。

「はっ、あ、あんっ……」

ユベルティナはびくっ、びくっと震えながらロジェの頭にしがみつく。

「ロジェ様……ロジェ様ぁ……」

黒い髪を乱されながら、ロジェはユベルティナの乳房を味わっている。

「美味しい。君の身体はどこもかしこも甘くて最高だ」

「そんなこと……恥ずかしいです……」

「君は本当に可愛いな。……ここを去るだなんて、言わないでくれ……」

懇願するように、あるいはすがるように。ロジェはユベルティナを見上げた。

その切ない視線に射貫かれ、身体の奥がきゅんとする。

本当は、ユベルティナだってロジェと別れたくない。だが、これは最初から決まっていたことだ。すべては弟ユビナティオのために。

「すみません、ロジェ様。わたし……」

泣きそうになりながらロジェの頭を抱きしめるのだが。

「……そんなこと、言えなくしてやる」

ロジェは言うなり、ユベルティナの下半身に手を伸ばした。するりと下着の中に手を入れると、ユベルティナの秘部を撫で上げる。

「んっ……！」

くちゅり、と濡れた音がして、ユベルティナは顔を真っ赤にする。

「濡れてる。可愛いな」

ロジェは嬉しそうに微笑むと、ゆっくり指を動かしはじめた。彼の長い指が、窮屈(きゅうくつ)そうにショーツの中でうごめく。

「あ……あ……あんっ……」

「どうだ、ユベルティナ。観念したか？」

「な……っ、なにが……」

「ずっと、私のそばにいてくれ。そうすれば、もっともっと気持ちよくしてやれる。――もっともっと、君を愛せる」

「そ、それは……」

そんなことを、ロジェが考えていただなんて。ユベルティナに快感を与えて、自分のそばから離れられなくしようと――

でも、去らなくては。どんなに彼を愛していても、ユベルティナにだって目的があるのだ。

(ここはわたしの居場所じゃな……んっ)

くちゅっ、くちゅっ。秘所の入り口をなぞる淫靡な水音が、ロジェの指によって奏でられる。

「私はもっと君と愛し合いたい。君を愛したい」

熱っぽい瞳に見つめられて、ユベルティナはぞくっとした。

一瞬、頷いてしまいそうになる。だが、堪えた。これだけは譲れない。

「ごめん、なさい。わたし、ユビナティオと代わらなきゃ……」

「……ああ、くそっ」

突然苛ついたような声を出すと、ロジェはユベルティナのズボンから勢いよく手を引き抜く。

「駄目だ、私のほうが我慢できない。ソファーに行こう、ユベルティナ」

「え……」

「立ったままでは辛いだろう?」

そう言うとロジェは軽々とユベルティナを抱き上げた。いわゆるお姫様抱っこというやつだ。

「……お、重くないですか?」

「軽い。羽根のようだ」

「……ありがとうございます」

ユベルティナは頬を赤く染めてうつむいた。

（うぅ。でも恥ずかしいよぅ……）

ロジェの腕の中は安心すると同時に、とてもドキドキする。これから先の出来事を考えると、さらにドキドキしてしまう……

ソファへ辿りつくと、そっと優しく降ろされた。ロジェは隣に座って、ぎゅっと抱きしめてくる。

「はあ……」

その安堵感に、ため息が出てしまった。

温かいロジェに包まれている。それはまるで、絶対に安心なお風呂に浸かっているかのような心地のよさだった。このままずっとこうしていたいとさえ思えるほどに……

だがすぐに、ロジェはユベルティナのベルトに手をかけた。素早く取り払い、ズボンを下げにかかる。

「やっ、あの……！」

下着ごと脱がされそうな勢いだったので、慌ててその手を掴んだ。

するとロジェはその手を掴んで自分のほうへ引き寄せると、指先にちゅっとキスをした。

「……君がなんと言おうと、君に私という男を覚えさせる。私なしでは生きていけないくらいに、深く、強く」

甘い声で囁かれてぞくりとする。身体の奥底まで痺れていくような感覚だ。

ロジェは、ユベルティナのズボンをさっと脱がせた。

「綺麗だ、ユベルティナ……。ここの綺麗さも君の魅力のひとつだな」

そんなことを言われても、恥ずかしくてたまらない。だがそれ以上に嬉しかった。自分の身体を褒められたのだ。しかも、愛しい人に。

「可愛いよ、ユベルティナ」

そう言ってロジェはユベルティナの秘所にそっと指を這わせた。くちゅ、と、彼の指先を待っていたかのような、甲高い水音が出迎える。

「ふぁっ……」

「ここは私のことをこんなにも求めてくれている……。本人とは違って素直だな、可愛いよ。ご褒美をあげなくては」

ロジェはユベルティナの前に跪くと、形のよい鼻先を股に近づけ……

「きゃっ!?」

ぺろりと舐めたのだ。

「ひゃっ、あっ、んんっ」

割れ目を舌先でつつくようになぞられるたび、ユベルティナの腰がびくんと跳ねる。

「ひゃうっ、ロジェ様っ、だめっ、そこは汚いですっ」

「君に汚いところなどあるものか。可愛いよ、ユベルティナ。蜜がどんどん溢れてくる……」

「やっ、言わないでぇ……」

「美味しい……。ユベルティナの蜜は最高だ」

「そ、そんな……っ」

じゅるっ、ずっ、ずちゅっ。彼は音を立てて蜜を吸い上げていく。その音が、ユベルティナの羞恥心をさらにかき立てる。

「きゃうんっ！　ああっ」

「蜜が……止まらない……。だが」

ロジェは舌先を上に滑らせると、小さな突起に触れた。

「あんっ」

敏感な部分に触れられ、ユベルティナの口から高い声が出る。

「こちらの快感も引き出しておこうか」

「やっ、そっ、あんっ」

「ここ、気持ちいいだろ？」

「し、知りませんっ……！」

「そうか。では、身体をもって教えよう」

ロジェは舌先で敏感なところをくりゅっと押し潰したり、くりくりと転がしたりする。そのたびにユベルティナの体はぴくっぴくっと震え、喘ぎ声が上がった。

「はっ、はぅっ、あうっ」

「ああ……可愛いよ、ユベルティナ」

ロジェはぷっくりとしたそれを唇で優しく包むと、はむはむと柔らかく食みだした……！

「やっ、やぁっ」

「嫌か？」

「い、嫌じゃないっ、けど……。変な……、変な感じで……！」

「大丈夫だ。私に任せてくれ」

ロジェの舌先が器用に動き、隠された真珠をそっと露わにする。ロジェはその敏感な芽を、細く尖らせた舌先でつんとつついた。

「きゃああっ!!」

ユベルティナは衝撃を伴う快感に耐えきれず、身体を大きく仰け反らせた。

信じられないほどの快感が全身を駆け巡ったのだ。

だがロジェはそんなことなどお構いなしに、花芽を責め続けてくる。そのたびにユベルティナの身体は何度も頂へ駆け上がっていった。

「あ、あ、だめっ、ろ、ロジェさま、だめっ、これ、だめですぅっ！」

「ユベルティナ、君の身体に快感を刻みつけたいんだ。受け入れてくれ……」

「やっ、やっ、あああっ――!!」

ユベルティナはついに絶頂を迎えた。快感の波が頭を真っ白に染めあげ、息が詰まり、目の前がチカチカする。

――まるで男の射精のように、とぷり、と秘裂から愛蜜が溢れ落ちた。

（ああ……）

ユベルティナは呆然としながら、びくっびくっと震えている。

自分の身体がこれほどまでに感じてしまうなんて。こんなことは初めてだった。こんな感覚を覚えさせられては、本当に自分の身体はロジェなしで生きられなくなってしまう。

ロジェは顔を上げると、口についた蜜をぬぐいながら恍惚（こうこつ）とした表情でユベルティナを見下ろした。

「……君は本当に可愛いな。だが、これからが本番だ」

「ふぇ……？」

「……君に、挿れる」

ロジェはどこか焦ったように自分の制服を脱ぎはじめる。ユベルティナはその様子に目を奪われてしまった。

鍛えられた胸板に割れた腹筋、そして……ユベルティナにとっては物珍しい、そそり立つ男根。反り返って天を向くそれは、とても大きくて、太くて、長い。血管が浮き出ていて、先端から透明な液を滴らせている。

（わたしにはないものだし、やっぱり面白い……）

ユベルティナの視線に気づいたロジェは微笑むと、ユベルティナをソファーに押し倒した。そしてその先端をユベルティナのしとどに濡れた入り口に押し当てる。

「あ、待っ」

——そんなユベルティナの声など待たず。

一気に奥まで貫かれ、ユベルティナは悲鳴のような声を上げる。

「あぁぁぁっ！」

「……すまん。痛いか？」

「だ、だいじょぶ、です……っ」

確かに異物感はあるが、最初のときほどではない。

「……あぁ、熱いな、ユベルティナ。君の中はとても熱い……！」

うわごとのように呟くと、ロジェはゆっくりと腰を動かしはじめた。

「ああ……！　やっ、んんっ」

「ユベルティナ……、ユベルティナ……」

「あっ、あっ、あっ」

「好きだ、ユベルティナ。愛してる……」

優しく囁かれるたび、痛みや違和感がなくなっていく……

「あっ、あっ、わっ、わたしもっ……」

「ユベルティナ……、私を、この身体に……っ、刻み込んでくれ、ユベルティナ……ッ」

「あんっ、あ、あぁっ」

ロジェは本気で、ユベルティナを獲りにきているのだ。

——彼のもとを去るユベルティナを、離さないために。だから、自分をユベルティナの身体と心に刻みつける。

（そんなことしなくたって、わたしはもうロジェ様のものなのにっ……）

淫らな水音と、肉のぶつかり合う音が響く。

それからロジェはユベルティナを強く抱きしめると、唇を重ねた。

そうしている間にも、ぐちゅぐちゅと泉の奥底までかき回され……

いつしか腰から下の感覚がなくなっていた。まるで宙に浮いているような、ただ快楽だけがユベルティナの身体を支配している。

もうなにも考えられない……

ただ、この人のことが好きで好きでたまらないという感覚しかない。

やがて、ロジェの動きが激しくなった。絶頂が近いのだ。

それを感じた瞬間、ユベルティナは無意識に彼の背中に腕を回し、強く抱きしめた。身体全体に力を入れたおかげで、隘路（あいろ）がぎゅうっと彼自身を締め上げる。

「くっ……、出……っ」

蒼（あお）い瞳を細めて眉の間にしわを寄せた、苦しそうなロジェの表情は、普段絶対に見ることのできないもので――

ドクン！　と太い楔（くさび）が大きく脈打ったかと思うと、ユベルティナの深い場所に大量の白濁液を注ぎ込んできた。

同時に。

（あぁっ……！）

息が止まるほどの感覚が身体を駆け巡り、頭が真っ白になる。

身体の内に放たれた熱を感じながら、ビクッ、ビクッ、とユベルティナの身体は痙攣し、止まらない。

「あ……はぁ……っ」

精を放ち尽くしたロジェは絞り出すような息をつくと、そっと微笑んだ。それが、とても綺麗で。

「ユベルティナ……」

ロジェはユベルティナに口づけを落とす。

「私は……君を、絶対に、離さない……。どこにも行かせない。愛してる、ユベルティナ」

重なる柔らかい唇にうっとりとしながら、ユベルティナは目を瞑った。

（私もずっと一緒にいたいです、って素直に言えたら……どんなにいいだろう……）

でも、それは言えない。

ユベルティナがいる場所は、本当ならユビナティオのものなのだから。

第六章　君を離さない

騎士団生活も残り二週間となった休日のこと。

すっかり夕方になったころ、自分の屋敷にて、ユベルティナはロジェを待っていた。

今夜はロジェと観劇の予定なのである。

ロジェとはあと二週間しか一緒にいられない。だから、ロジェが誘ってくれたのだ。

思い出に、一緒に劇を見に行こう、と。

「お嬢様、お綺麗ですわ」

メイドのサーシャが鏡の中のユベルティナににっこりと微笑みかけてくれる。

「どうもありがとう、サーシャ。けどなんだか変な気分だわ……」

普段の男装姿とはまったく違うユベルティナが、そこにいた。

この『女装』姿をロジェに見せるのは、あの仮面舞踏会以来である。

フリルをふんだんに用いた淡いクリームグリーン色のドレスを着て、結い上げた亜麻色の髪にはドレスと同色のコサージュを飾り、夜の観劇に合わせて濃いめの化粧をしている。

それがなんだか、妙にかしこまっているようで、落ち着かない。

「なにをおっしゃいますやら。とってもお綺麗ですわよ」

「そうかなぁ」

「もちろんですわ。本当ならお嬢様はこういったお召し物を着るべきなのです。騎士の制服など……、いえ、騎士の制服姿のお嬢様もキリッとして素敵ですけれど……」

「ああ、そうじゃなくて……」

ユベルティナは苦笑してしまう。

「いつも男としての格好を見せているロジェ様にこの姿を見られるのが、なんだか妙に恥ずかしいというか」

以前見せたあの姿は、半仮面（ハーフマスク）をつけていたわけだし。素顔でカツラでこの女装というのは、ユベルティナにとっては初めての体験である。

「ふふっ、ロジェ様、ですか……」

サーシャは意味ありげな微笑を浮かべる。

とりあえず、サーシャにはロジェとのことは伝えてある。……毎日のようにふたりで逢瀬（おうせ）を重ねていることまでは言っていないが。

「お嬢様がお好きになった殿方ですもの。きっと素敵な男性なんでしょうね」

「ええ。それはもちろんよ……」

ユベルティナの顔は真っ赤に染まってしまった。

大好きな人を他人に紹介するというのは、なんだかとっても気恥ずかしい。

そのとき、コンコンと部屋の扉をノックする音が聞こえた。

「ロジェ様がいらっしゃいました、お嬢様！」

別のメイドが告げに来ると、ユベルティナは弾(はじ)かれたように立ち上がり勢いよく返事をした。

「わかりました、すぐ行きますっ！」

慌てはしたものの、深呼吸をして気持ちを落ち着けてドアを開ける。

そして、案内されて玄関ホールにつくと……

そこには、ロジェの姿があった。

「ロジェ様……」

ユベルティナの頬がぽっと赤く染まる。

今日の彼は、青みの強い紺色のジャケットに白いシャツを合わせた爽やかな出で立ちだった。いつもはきっちり整えられた前髪が今日はやや乱れぎみで、それがまた色気を感じさせてドキドキしてしまう。

「ユベルティナ……」

ロジェのほうも目をぱちくりさせて、それから破顔した。

「見違えた。可愛いな……。すごく可愛い」

「あ、ありがとうございます……」

照れてうつむくユベルティナに、ロジェは微笑みかけた。

「いつかの夜も思ったが……、ドレスを着た君は、まるで妖精のようだ」

「そ、そんな……。わたし……」

「君以上に可愛らしい女性なんて見たことがない」

続けられるロジェの甘い言葉に、ユベルティナはますます顔を紅潮させる。

「もうっ。ロジェ様ったら言いすぎですっ」

恥ずかしくて、でもやっぱり嬉しくて……

「君のこんな姿を見られたのだから、私もわがままを言った甲斐があるというものだな」

くすっと笑うロジェ。

――この『女装』は、ロジェのリクエストだった。

今日は君の令嬢としての姿が見たい……そう言われたのだ。

今までは男装姿ばかりを見せてきたわけだし、たまにはこういう格好もいいだろうと思って了承したのだが。ロジェの前に出てみたら、やっぱり妙に落ち着かないユベルティナである。

「あの夜のように、今すぐにでも君を抱きしめたいな」

「もっ、もうっ……！」

ロジェはまたくすっと笑うと、気取った調子でユベルティナの手をとった。

「――私のエスコートを受けくださいますか、ご令嬢」

「はいっ、紳士様っ！」

ユベルティナは顔を真っ赤にしたまま微笑むと、ロジェとともに屋敷を出たのであった。

それからふたりは、馬車に乗って劇場へ向かう。

その道すがら、ユベルティナは緊張しっぱなしだった。

（どうしよう。ロジェ様と一緒にいるところを他の人に見られると思うと、すごく恥ずかしい）

特に、騎士団の同僚たちに見られたらと思うと生きた心地がしない。もちろん女装したユベルティナが騎士候補生ユビナティオだということは、おいそれとは見破られないだろうけれども。

それでも万が一、ということはある。

あと二週間と少しだ。ようやくそこまでこぎつけたのに、ここでバレてしまっては元も子もない。

それに単純に、ロジェと一緒にいるところを見られるのが恥ずかしい。

愛する人と一緒にいることのなにが恥ずかしいのよ、とユベルティナは自分で自分が不思議だが、やはり恥ずかしいものは恥ずかしい。

が、そんな思いは劇場についたときに消えてしまった。

劇場独特の浮ついた空気がユベルティナを呑み込んだのだ。

着飾った貴族たちが楽しげに談笑しながら劇場のロビーに集まる。彼らはチケットを片手に、それぞれの席へ移動していく。

「すごい……！」

華やかな人混みに、目を輝かせてしまうユベルティナである。

「ここは王国で最も大きく、格式のある劇場だからな。客席数も多いし、観客たちも気合いを入れて来場するんだ」

「そうなんですか！」

「……すまない、ここで少し待っていてくれないか。チケットの手続きをしてくる」

「かしこまりました！」

人混みをかき分けて受付へ向かうロジェを笑顔で見送り、ひとり残されたユベルティナは、あたりをぐるりと見回した。

豪華な装飾のロビー。きらびやかなドレスを身にまとって優雅に歩く貴婦人たち。その横では、上品なスーツに身を包んだ紳士が、連れの女性に優しく微笑みかけている。

——なんとも華やかな空間だ。

（わぁ……！）

ユベルティナは目をキラキラさせながら周囲を眺めていた——が。

そんなユベルティナに、背後から声がかけられた。

「あーら、もしかしてユベルティナ様じゃーありませんことー！」

甲高い女性の声。

びくっとして振り向いたユベルティナは、そこに立っている人物を見てハッとした。

マカロンをもぐもぐ食べながら近づいてきた、その縦ツインロール金髪碧眼（へきがん）の令嬢は。

「ロリエッタ様。お久しぶりです……！」

ロリエッタ・エディン——男爵家の令嬢であり、ユベルティナの婚約者を奪った女性であった。

彼女は白地に赤の花柄のドレスを着て、髪を派手に結い上げている。

ユベルティナの耳に、元婚約者デュランから告げられた言葉が蘇（よみがえ）った。

『ユベルティナ・ルドワイヤン。僕は、お前との婚約を、今このときをもって解消する！』

『それはな、お前が僕に恋をしていないからだ……！』

（あのとき、デュラン様の言葉はなにひとつ理解できなかったけど……）

だって仕方ないではないか。貴族の結婚に恋など必要ないと思っていたのだから。

でも――今は違う。

ロジェという最愛の人がいる今ならわかる。デュランの言葉の意味が。

その意味を理解できる現状への感謝が、ユベルティナを包み込む。

（デュラン様と結婚しなくて、本当によかった……！）

同時に思う。ロジェと出会えた自分はなんて幸せなのだろう――と。

「ふふんっ」

「？」

突然ロリエッタが鼻で笑ったので、ユベルティナは首を傾げた。

すると彼女は勝ち誇（ほこ）ったように笑った。

「おーっほっほっほっ。どなたとご一緒に観劇に来られたのか知りませんけど、ここはあなたみたいな野暮ったい方が来るような場所じゃありませんことよー？」

「え……？」

なにを言われているのかわからず、ユベルティナは困惑する。

そんなユベルティナに気づいてか気づかないでか、ロリエッタはさらに続けた。

「それともまさかおひとりで来られたのかしら。いやーね、神経図太い女って！」

「えぇと……。そういうロリエッタ様は、やっぱりデュラン様とご一緒に来られたのですか？　仲がよろしくていいですね！」

ユベルティナはにっこりと笑ったが、ロリエッタの顔が引きつった。

「は!?　なぜそこであいつの名前が出てくるわけ!?　気持ち悪いことを言わないでちょうだい!!」

「きもちわるい……？」

きょとんとして目を瞬かせるユベルティナ。

「あんな男、とっくの昔に袖にしましたわ！」

「えっ……」

（袖にした――振ったってこと？）

驚くユベルティナに、勝ち誇るように言うロリエッタ。

「まったく。やれ髪の巻きが強すぎるだの、やれマカロンを食べすぎだの……、やいのやいのうるさいったらなかったですわよ！」

「そ、そうなのですね……。在学中はよくデュラン様と一緒にいらっしゃいましたし、とても仲よさげに見えましたが……」

「在学中はね！　わたくしも彼のことよく知りもしませんでしたし。まったく、あれでよく自分が紳士だなどと言えたものですわ。紳士というものはもっと鷹揚に構えているものですわよ！」

ぷんすかと怒りながらも、彼女はまくしたてる。

「しかも！　私のドレスにまで口出ししてくるなんてありえませんわ！　花柄は派手すぎるからやめろ、ですって！」

実際に派手な花柄ドレスを着てはいるが……。とはいえ、自分が好きで着ているものを注意されるのは、確かにいい気分はしないだろう。

「思い出しても腹立たしいったら！　わたくし、お花柄が大好きなんですの。彼のために我慢するのは在学中だけで十分ですわっ！」

だん！　と床を踏み鳴らして怒りを露わにするロリエッタ。

元婚約者のデュランは気難しいところがあって、自分の思い通りにならないとすぐ不機嫌になったけれど。そういったものすべて込みで、彼らは恋に落ちたのだと思っていたのに……

なのにロリエッタのこの怒りようときたら。学生時代はよほど猫を被っていたらしい。

そこまでしてユベルティナから婚約者を奪っておいてこの有様はどうなんだ、という気もするが。

「しかもあの男！　復縁しろとうるさいこと！　うざったいったらないのですわっ！」

ロリエッタは忌々しげに吐き捨てる。

「ま、まぁ。それは大変ですね……」

ユベルティナは苦笑いを浮かべた。しつこく迫るデュランの姿が容易に想像できたからだ。

ロリエッタにとっては玉の輿目的――あるいは遊びで奪ったのであろう男、デュラン。

だが不幸なことに、デュランは本気でロリエッタのことが好きらしい。だから彼女にしつこく食い下がるのだ。

するとロリエッタは眉を吊り上げて叫んだ。

「なにを人ごとみたいな顔をしているんですの、ユベルティナ様。もとはといえばあなたが悪いんじゃありませんのっ！」

「え？」

「あなたがあいつに見限られて婚約破棄されたせいで、わたくしがこんな目にあってしまったんですのよ。あなたが全部悪いのですわ!!」

「……えぇと？」

「まったく、そんな締まりのない顔をしてっ。あなたなんかが婚約者だったせいで、デュラン様はわたくしを選んだんですのよ。だから責任をとってデュラン様を引き取ってちょうだい！」

「えっ……」

そのあまりの身勝手さに、ユベルティナは言葉を失った。

ユベルティナから婚約者を奪っておいての、この言いぐさ。

あのとき――デュランに婚約破棄されたとき。ユベルティナは恋を知らず、デュランに婚約破棄されてかえって嬉しいくらいだったのだが。

だが、今は違う。

今は、とても大切な人がいる。

その彼への想いがあるから、こうして今、観劇にやってきていて……

「……申し訳ありませんが、わたしはデュラン様を引き取るつもりはありません」

「なんですって⁉」

ユベルティナのはっきりとした拒絶に、ロリエッタは目を剥いた。

「あなたごときにわたくしの幸せを奪う権利があるとお思いですの！　つべこべ言わず、早くデュラン様を引き取りなさい！」

「わたし、もう、デュラン様と会う気ははないんです」

「なっ……」

絶句するロリエッタ。

そこに、少し遠くから戸惑ったような男性の声がかかった。

「ユベルティナ！　いったいなんの騒ぎだ？」

「ロジェ様！」

ユベルティナはぱっと表情を明るくする。

ロジェは人垣をかき分けてやってくる……、いつの間にやら、ユベルティナとロリエッタの周りに人垣ができていたのだ。ロジェは、ユベルティナとロリエッタの間にすっと割って入った。

「お帰りなさい、ロジェ様！」

「……すまない。受付で手間取ってしまった」

それからロリエッタに向き直り、慎重に口を開く。

「君はユベルティナの知り合いか？　一方的にユベルティナに食ってかかっていたようだが」

「あらっ、ふーん……」

ロリエッタはニタリとした笑みを浮かべる。

「そういうことでしたの。なかなかいい男じゃなくって？　あなたにしては上出来ですわ。ねぇ、あなた？　この女なんかとっとと捨てて、代わりにわたくしと結婚しませんこと？」

「「は？」」

ロジェとユベルティナは、同時に声を上げていた。

「けっ、結婚って、そんな。わたしたちは……」

あわあわと顔を赤くするユベルティナを庇い、ロジェは一歩前に出る。

「……なにを言っているんだ、君は」

「まぁ、お怖いお顔。でもね、この女よりわたくしのほうがずっと美人ですし、要領だっていいですわよ？」

「だから、君はなにを言っているんだ？」

「この子ね、婚約者を寝とられるようなドジでお間抜けなご令嬢ですの。こんなのとご結婚なさったらとんだ貧乏くじですわ！　それに比べてわたくしなら、容姿も性格も完璧でしょう？　だから、わたくしと結婚したほうがいいのですわ」

「……」

「さぁ、どうですの？　損得で考えれば答えは明らか――」

「断る」

勝ち誇(ほこ)った顔のロリエッタが言い終わる前に、ロジェが即答する。

驚いたのはロリエッタだ。

「なっ、なぜですのっ⁉　わたくし、これでも男爵家の令嬢ですのよ⁉　しかも美人で頭も切れる！　これほどの条件を兼ね備えた女なんて他にいないでしょうに！」

「私が興味のある女性はユベルティィナだけだ」

「な……ッ」

「だいたい、君のような……うるさい女は好きじゃない」

「なっ、わたくしがうるさいですってぇ⁉」

「ああ」

「なっ、なんて失礼な……こと……を……」

みるみる視線が鋭くなっていくロジェに、ロリエッタは気圧されたように口をつぐんだ。

ああ、女嫌いが発動しちゃってる……、とユベルティナは苦笑いだ。

ロリエッタは悔しそうに眉をぴくぴくさせながら、しばし沈黙した。

「……ふん、あらまぁ。わたくしの申し出を断るだなんて。どんくさ女にお似合いのどんくさ男ですこと！」

どうやらそうやって自分を納得させることにしたらしい。

が、その言いぐさが。ロジェまで下に見るその態度が。ついにユベルティナの怒りに火をつけた。

開幕間近を知らせるブザーが鳴り響く。

「あら、劇がはじまりますわ。わたくし殿方を待たせておりますの、しかも三人ですわよ。ふふっ。

ごきげんよう、お二方！」

どうやら、デュランとは違う男性たちと観劇に来ているようである。

ロリエッタは捨て台詞を吐くと、くるりと踵(きびす)を返した。そのまま歩き去ろうとするロリエッタ。

だが、そのとき。

「お待ちください、ロリエッタ様」

ユベルティナが呼び止めた。

「あーら、まだなにか御用でも？」

ロリエッタの振り返りざま、ユベルティナは――

パシン！

その頬を思いっきりひっぱたいた！

「……え？」

一瞬、なにが起こったのかわからないという顔をするロリエッタ。

「……わたしを侮辱するだけならまだいいです。でも、ロジェ様のことまで悪く言うのは、許せません」

「な、なにを言っていますの？　わたくしは事実を言ったまでで……」

「あー、そうですか。じゃあ、もう一発いっときますか？」

ユベルティナはにっこりと微笑み、もう一発平手打ちをお見舞いしようと構える。

その迫力に圧倒され、ロリエッタは後ずさった。

「け……、結構ですわ。し、失礼しますわねっ」

今度こそロリエッタは踵を返し、そそくさとその場を後にしたのだった。

ロリエッタが去ったあとのホールで、ロジェがユベルティナに向き直った。

「ユベルティナ……」

ロジェはばつが悪そうな顔をしていた。

「すまない。本当なら私が追い払うべきだったのに……」

「相手は女性ですからね。殿方に手を上げさせるわけにはいきませんよ」

とロジェに笑いかけるユベルティナ。

「そうか……。私の代わりに怒ってくれてありがとう、ユベルティナ」

「どういたしまして」

ロジェは気まずそうに眉根を寄せ、なにか言いたそうに苦笑しながらユベルティナを見ている。

「ロジェ様？　どうかしました？」

「いや……。ユベルティナは怒ると怖い、というのをしっかり記憶に刻みつけていた」

「あら、そんなことないですよ？　わたしはいつも優しい女の子ですからね」

「……そうだな」

にっこり笑顔で言い切るユベルティナに、ロジェは苦笑して答える。

「もちろんだとも。ユベルティナは強くて優しい、素晴らしい女性だ」

「ふふっ、恐れ入ります、ロジェ様」

「……そろそろ席に行こうか。芝居がはじまってしまう」

「はい、そうしましょう！」

そうして、ふたりは仲よく腕を組んで歩いていった。


その後、無事に芝居を鑑賞し終えたロジェとユベルティィナ。

帰りの客でごった返すロビーにて遠くにロリエッタの姿を見つけたが、彼女はギョッとした顔をしてさっと逃げてしまった。

「あら、ご挨拶なんだから」

「あの女性も学習したのだな……」

「まぁ。どういう意味ですか？」

「なんでもない。さぁ行こう。馬車を待たせている」

そして、ふたりは帰りの馬車に乗り込む。

「あぁ……。素晴らしいお芝居でしたね！」

目をキラキラさせながら言うユベルティィナに、ロジェは苦笑した。

「私はずっと君のことばかり考えていたよ」

「まぁ。わたし、お芝居に勝っちゃったんですね！」

「ああ、君は芝居なんかよりよほど強い。……芝居の直前にあったことが頭から離れなくてね」

「ロジェ様ったら」

ユベルティナは少し困った顔をした後、頬を染める。

芝居の直前にあったこと。――ロリエッタが絡んできて、彼女に平手打ちをしたことだろう。

「わたし、言っておきますけど後悔はしていないですからね。ロリエッタ様はそれだけのことをしてきたんです」

「もちろんだとも。だが、私が考えていたのはそれじゃない。彼女が言ったことが――」

言いかけ、ロジェはコホンと咳払いをした。

「あの女性に、私がしようとしていることを言い当てられてしまったようで……、私としては格好がつかなくなってしまったな、などと……そればかりを考えていた」

「どういうことですか？」

「…………」

ロジェは蒼い瞳で真っ直ぐにユベルティナを見つめる。

その真剣な目にドキッとして、ユベルティナは視線を外すこともできずに見つめ返した。

暗い馬車の中でもわかるほど、吸い込まれそうな深い蒼――。まるで夜の湖のように静謐な色なのに、今はそこに情熱がこもっているのはなぜだろう？

「……私は、君が好きだ」

ロジェの声が静かに響いた。

「ずっと考えていた。弟君が君に代わって騎士団に入ったとしても、私は君と別れたくない。そのためにはどうしたらいいか。君を引き留めるために、できる手はすべて尽くそうとした。毎日君を抱いて、身体で君を繫ぎ止めようともした……」

「ロジェ様……」

「だが、遠回りしてしまったが。もっと穏やかで、意外なほど単純なことに……ようやく気づいた。君さえ、よければ、だが」

ロジェは懐から小さな箱を取り出した。

「……これを、受け取ってもらえないだろうか」

ぱかり、とロジェが小箱を開ける。

中にはシンプルなデザインの指輪が入っていた。

輝く紫色の宝石がはまった、白金の指輪だ。

「君の瞳と同じ色の石だ。結婚してほしい、ユベルティナ」

「……っ！」

ロジェの言葉に、ユベルティナは大きく目を見開く。

「返事を聞きたい」

ロジェは真摯な眼差しでユベルティナを見つめている。

「あ、あの！　ロジェ様、わたし——」

彼との出会いは、騎士団——男装して入り込んだ先の鬼上司とその部下としてだった。最初は『合わないかも』なんて苦手にも思っていたけれど。

（でも、いつの間にか好きになっていて……）

なのに、ユベルティナは弟が快癒したら入れ替わる予定で。

彼とは終わりがある関係だと思っていたのに……。それが、今。結婚の申し込みをされているだなんて！

「君と離れたくない。補佐官ではなく妻として、ずっと私のそばにいてほしい」

「ロジェ様……！」

「それで、その。はっきりと言ってほしい。受けてくれるのか、くれないのか」

そいういえば、胸が詰まってしまって、答えを伝えていなかった。

「はいっ。あのっ、ふつつか者ですが、よろしくお願いします！　ロジェ様と結婚させてくださいっ！」

泣き出しそうな顔で微笑むユベルティナ。それを見て、ロジェは心底ほっとしたような表情を、その端整な顔に浮かべた。

「よかった。断られたらどうしようかと……」

「そんなことないですよ!?　もうっ、わたしがどれだけあなたのことが好きか――」

「ユベルティナ……」

ゆっくりと近づくふたりの距離。

軽く、唇が触れ合う。

「んっ……」

一度離れた後、もう一度。今度は深く重なる口づけに、ユベルティナの目尻に感激の涙が浮かぶ。

長いキスの後、潤んだ瞳でロジェを見上げるユベルティナに、彼は優しく囁いた。

「愛してる、ユベルティナ」

「わたしも……。ロジェ様のことを愛しています」

感激のあまり指輪を受け取ることも忘れ、ユベルティナの紫水晶の瞳が涙でキラキラと輝く。

「ユベルティナ……」

ユベルティナにつられたのか、ロジェの蒼い瞳にもまた、光るものがあった。


観劇から数日が経過し――

「おかえりなさい、姉上！」

騎士団の仕事から屋敷に戻ったユベルティナを出迎えてくれたのは、弟ユビナティオだった！

ユベルティナとそっくりな女性的な顔をした彼は、それでも少しやつれた顔をしていた。

「ユビナティオ……！」

「姉上、騎士姿がとてもよく似合ってらっしゃいますね……！　あ、ということは僕にも似合うってことですよね。僕らってそっくりだし。なんだか嬉しいな」

久しぶりに会えた嬉しさからか饒舌になる弟の手を、ユベルティナはぎゅっと握った。男とは思えないほどのたおやかな手だ。やはり、少し痩せている。

「ティオ、なんて言っていいか。会いたかったわ……！」

「僕だって、ずっと会えるのを楽しみにしていましたよ！」

「もう大丈夫なの？」

「本当は何週間も前からすっかり調子はいいんですけどね。お医者様が、『まだ王都に出てはなりませぬ～』だなんて言うものだから」

「それは仕方がないわ、お医者様の言うことは聞かないと」

「そうですよね。うん、だからおとなしくしていたんです。本当は退屈でしょうがなかったけど」

「まぁ、ティオったら」

彼は真面目な顔つきになると、一歩下がり、そして。

「姉上。本当に、ありがとうございました」

と深々と一礼した。

「僕のためにこんな……、男の振りをして騎士団に入るなんて、そんな無茶なことをしてくれて。僕は、自分が情けないです」

「あなたは悪くないわよ。それに……」

ユベルティナはにっこりと微笑む。

「おかげでとっても素敵な人と出会えたわ」

「ああ、婚約者様ですね」

と、ユビナティオは双子の姉とそっくりな顔に柔和な笑みを浮かべる。

「聞きましたよ、姉上。ご婚約おめでとうございます。しかも騎士団での上司だとか……。義理の兄上になる方が上司になるだなんて、ちょっと緊張してしまいます。それをいったら上司が夫となる姉上はもっと緊張してしまうんでしょうけど。でも姉上のことですし、それすらも楽しく乗り越えてこられたんでしょうね」

「もう、ティオったらそんなこと言って！　大変だったんだからねっ」

「あはは、申し訳ありません」

ふたりはひとしきり笑い合う。

本当に大変だったのだ、女嫌いな副団長との日々は。スライム事件があったり、仮面舞踏会があったり、ロジェがユベルティナに固執したり……。それでも、ユベルティナは乗り越えてきた。

目の前にいる大切な弟――、ユビナティオのために。

「でも、よかったです。ロジェ様は姉上と婚約したくらいですし、僕たちの秘密も当然知ってるってことですからね。これで僕も安心して姉上と入れ替われるってものです」

「どうかしらねぇ。仕事熱心な方だから、なかなか難しいかもしれないわよ？　いきなり大量の仕事を押しつけてきたりして」

「うっ。本当ですか？」

ユベルティナにそっくりな紫色の瞳が不安げに揺れ――。ユベルティナはくすりと笑った。

「うふっ。冗談よ、冗談。ロジェ様は厳しいけれど、仕事熱心でお優しい方だし、きっとあなたのこともバシバシ鍛えてくれるはずよ」

「ぜんぜんフォローになってないですよ、姉上……」

「あらあら、泣き言なんか言ってちゃダメよ！　これからわたしの分まで頑張らないといけないんですからねっ」

「う～……」

嘆くユビナティオ。しかし、ユベルティナには根拠はなくとも自信があった。

（だって、わたしの大好きな人が、わたしの大切な人に仕事を教えるんだもの）

ロジェならきっと、弟のことを大切にしてくれるだろう。

ユベルティナはそう確信していた。


「そうか。弟君が……。明日にはもう入れ替わるのか……」

「はい。本当なら今日にでも入れ替わる予定だったのですが、最後にロジェ様に報告しておきたくて。今までありがとうございました、ロジェ様。本物のユビナティオのこと、よろしくお願いします。それで、あの……」

ユベルティナはあたりを見回した。

ここは、副団長室から直接来られる続きの部屋——騎士団の資料室だ。

本棚が所狭しと並ぶこの部屋は、日中だというのにカーテンが閉めきられているため薄暗い。

その中で、ユベルティナはロジェに抱きしめられていた。

「あの。これは、いったい……」

「今日は君が……ユベルティナが騎士団員である、最後の日だ」

「はい」

「だから、最後に思い出を作ろうと思ってな」

「思い出って……ん……っ」

唇を奪われる。

熱い舌に荒々しく口内を貪られ、息継ぎもままならない。酸素を求めて喘ぐと、それすら呑み込むようにさらに深くキスされる。まるで捕食されているようだ。

やっと解放されて、大きく呼吸をしながら、ユベルティナは潤む瞳でロジェを見上げた。

「だっ、だめですロジェ様。こんなところで。誰かが来たら……」

ここは資料室という公のスペースである。続きの部屋とはいえ、副団長の個室ではない。

「大丈夫だ。ドアには副団長権限で鍵をかけてある。それに、ここには滅多に人は近づかない。皆、私のことが怖いらしいからな」

そう言って、またキスをする。

「あ……ん……っ」

キスの合間に、ボタンが一つひとつ外されていった。今日を限りに着ることはなくなる、騎士団の濃紺の制服……

「この制服を着た君をこの騎士団で抱くことは、もうない。そう思うともったいなくてな……」

「もったいない？」

「ああ。騎士団でする背徳感、というか」

「もうっ。なにを言ってるんですかロジェ様ったら」

「この騎士団の制服を着た君とするのは、それだけで背徳感があるんだ。ゾクゾクする……」

熱っぽい声で囁くロジェに、ユベルティナは思わず苦笑した。

「ロジェ様ったら、ずいぶん楽しそうですね。そんなこと言うってことは、女嫌いは治ったってことですか？」

「君だけだよ、ユベルティナ。君以外の女性はまだ苦手だ」

言いながらロジェは手早く制服のボタンを外し終え、胸のサラシもほどいてしまう。ほっとするような解放感とともに、胸が本来の大きさと柔らかさを取り戻した。

「大きい……。本当に、大きいな……」

微笑みつつ、ロジェは上着はそのままにして、露わになった乳房を優しく揉みはじめた。そして、乳首を指先でくりゅくりゅといじりだす。

（あんっ、乳首っ……ダメぇっ……）

ロジェの丁寧な愛撫は、いつでもユベルティナの官能を素早く引き出してしまう。それに翻弄されるのは……正直、嫌いではない。

指先が与える快感がユベルティナの身体中を巡り、やがて下腹部に溜まっていく。

口に手を当て声を堪えようとするユベルティナだったが――

「どうせ誰も来ないし、ドアだって分厚い。声を出しても大丈夫だぞ」

「ん……っ、そ、そんなこと……っ」

「ふふっ。可愛いな」

ちゅっと頬にキスを落としてから、ロジェはユベルティナのズボンのベルトをゆるめ、するりと脱がせた。

彼はユベルティナを後ろ向きにすると、そのまま抱えるように秘部へ手を伸ばす。

「……濡れてる」

「んっ、だってぇ……」

「ああ、嬉しいよユベルティナ。私で感じてくれるなんて。こんなにも……」

愛液を絡ませた指先が、ぬるぬるとぬかるみを撫で上げる。

そうかと思うと指は密やかな入り口へ侵入し――くちゅ……と淫靡な水音が、愛しい男の指先を受け入れた。

「ん、はぁ……っ」

「いい声だ……。ほら、もっとお尻を突き出して……、手は本棚について……、もっとだ」

「ひゃっ」

指が抜かれると同時にぐいっとお腹を抱えられ、腰を高く持ち上げられる。

――獣が、交尾をするような。

恥ずかしい体勢に、ユベルティナの身体がカッと熱くなった。

「ロジェさま、なにを……」

「すまん、挿れるぞ」

ユベルティナの答えも待たず、手早く己の下履きを脱ぎ終えたロジェが、ずぷりと後ろから熱い楔（くさび）を押し入れてきた。

「————〜〜ッ!!」

一気に奥まで貫かれ、その衝撃にユベルティナは背中を大きく仰け反らせる。

「あ、あぁ……っ！」

「っく！　すごい締めつけだ……！」

「や、ロジェ様ぁ……っ」

喘（あえ）ぐユベルティナの背中を愛おしげに数度撫で、ロジェはゆっくりと動き出した。

隘路（あいろ）を圧迫して行き来するそれは、ユベルティナの中を的確に擦り上げてくる。

はぁはぁと息をはずませながら、ロジェがくつくつと笑った。

「資料室で……、ふたりっきりで、こんなことを……っ、私たちは、いけない騎士だな……っ」

「あ……っ、はぁん、ああっ……」

ロジェに言われるまでもない。

鍵をかけているとはいえ、資料室でこんなことを……。その思いが、ユベルティナの背徳感を煽（あお）る。それがスパイスとなって研ぎ澄まされた感覚が、いつも以上に敏感にロジェを感じ取らせた。

最初はゆっくりと優しかった動きが、次第に力強いものになっていく。

ユベルティナは本棚に必死にしがみつきながら、押し寄せる快楽に耐えた。

それはロジェも同じだったようで、背後から苦しげな声が降ってくる。

「あぁ……、君の中が……うねうねして、私を……締めつけてくる……っ」

ロジェは背後から覆い被さるようにしてユベルティナを抱きすくめ、耳元で囁いた。

「……ユベルティナ。好きだ。愛している……」

仕事をしているときとはまったく違う、甘く掠れた声。ユベルティナはその言葉を聞くだけで達してしまいそうになる。

「……っ！」

急な締めつけに、ロジェが息を呑んだ。それでも抽送は止まらず、むしろ激しさを増していくばかりだ。

パンッ、パァンッと肉を打つ音が激しくなる。同時に、結合部から溢れる蜜の量も増えていき、ふたりの足元を濡らしていった。

「あんッ！」

奥の、奥。最奥を熱い先端で強く突かれ、ユベルティナはびくんと身体を震わせた。

「……ここが、いいのか？」

ロジェはその一カ所を——、届く限りで一番の奥を、もう一度強く己の先端で刺激する。

途端、ユベルティナに白いような黒いような感覚が走った。

「あっ！　だ、だめぇっ、そこぉ……っ」

「……ここか」

嬉しそうなロジェの声とともに、パンッ、パァン！　と肌を打つ音が激しくなった。ロジェの先端が、何度も何度もそこをえぐり、叩きつけ、強く刺激してくる。

そのたびにユベルティナの身体はビクビク震え、隘路（あいろ）がきゅんきゅんとロジェを締めつける。

「あっ、ロジェ様、だめですぅっ、わたしもぉ……っ」

一カ所を責める激しい抽送に、ユベルティナの意識は朦朧とし――

「ああ、私もだ……。一緒に……っ」

ロジェは力強く腰を打ちつけていく。

「あっ、あっ、あんっ、ああっ」

激しい抽挿に、ユベルティナはもうなにも考えられなくなっていた。ただひたすらに快楽だけを追い求めて、いつの間にか我知らずロジェの動きに合わせて腰を動かしている。

そして。ずんっ、と、一際深く、腰が突き出された、そのとき。

「あっ、い、いくぅっ」

与えられ続けた快楽が一気にユベルティナを染め上げ、意識をさらっていく。

同時に、ロジェの剛直が大きくふくれる感覚があって――

「っ、はあぁっ……」

呻（うめ）き声にも似た甘い吐息が、ロジェの食いしばった歯の隙間から漏（も）れた。

（あ……、出てる……）

放たれる精を確かに感じながら、ユベルティナも絶頂の波に呑み込まれていく――

ふたりはしばらくそのままの姿勢でいたが、やがてずるりと楔（くさび）が引き抜かれると、ユベルティナは床に崩れ落ちた。

荒い呼吸のままロジェを見上げると、彼は微笑んで頭を優しく撫でてくれる。

「大丈夫か、ユベルティナ」

「あ……、は、はい……」

ユベルティナは頷きながら、なんだか感極まって泣きそうになってしまった。

するとロジェは困ったように笑い、しゃがんで、そっとユベルティナを抱き寄せた。

「すまない。ちょっと激しくしすぎたな」

ロジェは優しく背中をさすってくれる。それが嬉しくもあり、恥ずかしくもあり……

ユベルティナは目を閉じ、彼の着崩れた騎士団の制服に、顔を埋めて呟いた。

「いいんです、ロジェ様。わっ、わたしも、気持ちよかったです……」

「ユベルティナ……。ありがとう、愛してる……」

嬉しそうに微笑むと、ロジェはユベルティナの顎に手をかけて持ち上げ、ちゅっと軽くキスをする。

ついばむようなキスは、次第に深く、情熱的なものへ変わっていった。

この日を最後に、ユベルティナ・ルドワイヤンは人知れず王立賛翼騎士団を去り――翌日、『騎士候補生ユビナティオ・ルドワイヤン』として、本物のユビナティオがやってきたのだった。

第七章　挨拶する令嬢

騎士団生活はちょうど二カ月で終わりを迎え、その数日後――

「……」

ユベルティナは、副団長室に続く資料室にて緊張の面持ちで立っていた。左手の薬指にはめた婚約指輪を撫でながら深呼吸をする。

今着ているのはもちろん騎士団の制服――ではない。上品な淡い水色のドレスである。亜麻色のカツラは高く結い上げられ、ふんわりとした白いレースのリボンで飾られている。

「……」

そう、ユベルティナは現在、女性の姿で待機していた。

「君たちに紹介したい人がいる――」

副団長室では、集めた数人を相手にロジェが話をしている。

「私の婚約者だ」

さらりと告げられたその言葉に、集まった人々からは驚きの声が上がった。――暇を持て余した師団長たちをロジェが集めたのである。

事の発端は、弟ユビナティオとの入れ替わりだった。いくらそっくりとはいえ別人と入れ替われば、どうにも違和感が生じてしまうのは無理のないことだ。

それで、ロジェが面白いことを考えたのだ。

『ユベルティナからユビナティオに代われば、いくら外見はそっくりでもどうしても違和感はある。その違和感を消すために、より大きな違和感をぶつけてやろうと思う』

「副団長の婚約者⁉」

早速、師団長たちから驚きの声が上がる。

「え、でもロジェ副団長って女嫌いじゃ……」

「野暮ったいことは言いっこナシだぜ」

と、これは第七師団——諜報活動を行う師団の長エルクの声であった。

「めでたいじゃないか、女嫌いなロジェ副団長が女好きになったんだからさ！」

「違いない！」

どっ、と師団長たちから笑いが起こった。コホン、とロジェの咳払いが聞こえる。

「君と一緒にするな、エルク。別に女好きになったわけではない。たったひとりだけ、愛する女性ができたというだけだ」

「ひゅーっ、お熱いことで。でっ、ロジェ副団長のハートを射止めた美女ってのは誰なんだよ？」

「ああ。今、ここに来ている。ユビナティオ、頼む」

「はいっ」

ガチャリ、と扉が開かれ、そこからユビナティオの緊張した顔が覗いた。ユベルティナはひとつ頷き、ゆっくりと部屋の中へ足を踏み入れる。

「おおっ」

「可愛い……」

見知った顔である師団長たちの視線が自分に集まった。皆、ユベルティナがつい先日までのユビナティオだとは気づいていない。

「えっ、ていうか……そっくり……？」

集まった師団長たちの戸惑いの視線が、自分とユビナティオの間を行き来するのがわかった。

「彼女はユベルティナ。私の補佐官ユビナティオの双子の姉だ」

ロジェの言葉に、集まった師団長たちは目を丸くした。

「双子……!?」

「どうりで似てる、ていうか瓜ふたつ……」

「女嫌いが治ったのかと思ったら、こういうカラクリか……」

「もしかしてユビナティオ、狙われていたの……？」

「おい、それはどういう意味だ？」

ロジェが眉根を寄せて聞き返すと、童顔で背の低い師団長が『しまった』というような顔で口元を押さえる。

「……す、すみません。口が滑りました」

「言っておくが、ユベルティナのことはユビナティオとは関係なく好きだからな。だいたい、私はユベルティナのほうと先に会っているのだから……」

「あ、そうなんですか。婚約者さんと会ったそのあとにまさか双子の弟さんが補佐官になるなんて、それって運命ですね！」

失言をカバーするためか、童顔の師団長が早口でまくしたてる。すると他の師団長たちもうんうんと同意して頷いた。

が、当のロジェはといえば。

「運命……？　そういうことになるのか……？」

眉根を寄せた難しい顔で、架空の運命について思いを馳せている。その様子に、ユベルティナは思わずくすっと笑ってしまった。

「笑うところではないぞ、ユベルティナ」

「すみませんロジェ様。でも面白かったですよ」

「……？　なにが面白いというんだ？」

その問いには微笑みで返すと、ユベルティナは、ふぅ……と息を吐き出し——一歩前に出た。

そして仕切り直すように、スカートをつまみ上げる優雅な礼をしてみせる。

「お初にお目にかかります、師団長様方。わたしはユベルティナ・ルドワイヤンと申します。弟ともども、どうかよろしくお願いいたしますね」

可憐な令嬢そのものの姿で、ユベルティナは輝くような挨拶をした。

Noche
ノーチェ

甘く淫らな恋物語

ノーチェブックス

獣人の王が
人間の姫を渇愛!?

九番姫は獣人王の最愛となる

すなぎもりこ
イラスト：ワカツキ

父王に番号で呼ばれるような扱いをされてきたアナベル。彼女は野蛮だと噂の獣人国の王に嫁がされる。祖国よりはましと喜んで向かったところ、獣人国の面々に温かく迎えられた。けれど獣人には「番」という運命の相手がおり、王はいつか出会う番を妃にするという。そうなれば潔く身を引くつもりの彼女だが、優しい王に惹かれ!?

詳しくは公式サイトにてご確認ください

https://www.noche-books.com/

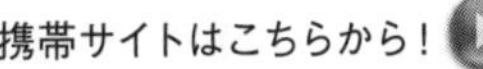

携帯サイトはこちらから！

Noche
ノーチェ

甘く淫らな恋物語

ノーチェブックス

こんな寵愛、
聞いてません!

悪役令嬢は想定外の溺愛に困惑中

天衣(あまい)サキ
イラスト：緋いろ

乙女ゲームの悪役令嬢に転生したルイーズ。シナリオ通り、彼女は傲慢な王太子であるジュリアンと婚約することに。婚約から逃れようと彼に反抗してばかりいたところ、なぜか国王陛下に気に入られ、ジュリアンの契約友人に選ばれてしまう。そんなルイーズはある日の夜会で媚薬を盛られて、激しくジュリアンを求めてしまい……？

詳しくは公式サイトにてご確認ください

https://www.noche-books.com/

携帯サイトはこちらから！

この作品に対する皆様のご意見・ご感想をお待ちしております。
おハガキ・お手紙は以下の宛先にお送りください。

【宛先】
〒150-6008 東京都渋谷区恵比寿4-20-3 恵比寿ガーデンプレイスタワー8F
(株) アルファポリス　書籍感想係

ご感想はこちらから

メールフォームでのご意見・ご感想は右のＱＲコードから、
あるいは以下のワードで検索をかけてください。

アルファポリス　書籍の感想

本書は、「アルファポリス」(https://www.alphapolis.co.jp/) に掲載されていたものを、
改題・改稿・加筆のうえ、書籍化したものです。

身代(みが)わり男装騎士(だんそうきし)ですが、
副騎士団長様(ふくきしだんちょうさま)に甘(あま)く暴(あば)かれました

卯月ミント（うづき みんと）

2023年 5月 31日初版発行

編集－渡邉和音・森 順子
編集長－倉持真理
発行者－梶本雄介
発行所－株式会社アルファポリス
〒150-6008 東京都渋谷区恵比寿4-20-3 恵比寿ガーデンプレイスタワー8F
TEL 03-6277-1601（営業） 03-6277-1602（編集）
URL https://www.alphapolis.co.jp/
発売元－株式会社星雲社（共同出版社・流通責任出版社）
〒112-0005 東京都文京区水道1-3-30
TEL 03-3868-3275
装丁イラスト－さばるどろ
装丁デザイン－AFTERGLOW
（レーベルフォーマットデザイン—ansyyqdesign）
印刷－中央精版印刷株式会社

価格はカバーに表示されてあります。
落丁乱丁の場合はアルファポリスまでご連絡ください。
送料は小社負担でお取り替えします。

ISBN978-4-434-32030-9 C0093